# 遇见风景 遇见自己

陈燕平 著

宁波出版社

图书在版编目(CIP)数据

遇见风景,遇见自己 / 陈燕平著. — 宁波:宁波出版社,2017.11
ISBN 978-7-5526-2929-3

Ⅰ. ①遇… Ⅱ. ①陈… Ⅲ. ①游记—作品集—中国—当代 Ⅳ. ①I267.4

中国版本图书馆 CIP 数据核字(2017)第 127049 号

**遇见风景,遇见自己**

| | |
|---|---|
| 著　　者 | 陈燕平 |
| 出版发行 | 宁波出版社 |
| | (宁波市甬江大道1号宁波书城8号楼6楼　315040) |
| 责任编辑 | 苗梁婕 |
| 责任校对 | 朱璐艳　李　强 |
| 装帧设计 | 金字斋 |
| 印　　刷 | 宁波白云印刷有限公司 |
| 开　　本 | 787毫米×1092毫米　1/16 |
| 印　　张 | 12.25 |
| 字　　数 | 170千 |
| 版　　次 | 2017年11月第1版 |
| 印　　次 | 2017年11月第1次印刷 |
| 标准书号 | ISBN 978-7-5526-2929-3 |
| 定　　价 | 42.00元 |

# 自 序

骑行，对大多数人而言，只是路边偶尔闪过的一道风景。以骑行的方式旅行，更是件不可思议的事情。对我来说，骑行是一种简单而又纯粹的休闲方式，是"说走就走"的行走，是"采菊东篱下，悠然见南山"的回归与放肆。

2010年、2013年，我分别有过两次长途骑行的经历。这本书想要呈现给大家的，是这两次骑行途中最真实的见闻与体会，让没有时间或不能以这种方式踏上旅程的朋友也能一同感受。受益于行走时写笔记的好习惯，书中的文字及图片均来自当初行进途中的随拍随记，我想应该能原汁原味地呈现"在路上"最真切的感受。

两次骑行，不如说是一次分成两个阶段完成的骑行，因为它们有同一个目的地——拉萨。

2010年9月，和老火、信封骑川藏线，从康定出发，目标拉萨。行至理塘时，我因故退出，两位队友继续前行，并最终抵达拉萨。2013年9月，和同事小周组队，再一次踏上旅程，由丽江走滇藏线，在芒康转道川藏线，最终到达拉萨。

骑行所经过的区域，川藏线（康定至理塘段、芒康至拉萨段）和滇藏线（丽江至芒康段），穿越横断山脉，跨越川、滇、藏三省（区），被誉为中国最美的景观大道。

途中共翻越海拔4000米以上的高山19座(川藏线11座、滇藏线8座)。

公路如折线般在高山峡谷间穿梭,随着山势起伏,海拔相差一两千米是常态。天气一日多变,往往山顶是风雪疾雹,山下却温暖如春。景观并非我去之前所想的那样贫瘠与单调,而是丰富多彩,美不胜收。有冰川雪岭,也有峡谷激流;有累卵成崖、危石耸立、寸草不生,也有森林密布、湖光山色、宛若江南。景观壮美的同时也危机四伏,地震、泥石流、塌方如家常便饭。

骑行藏区,是一种身体在地狱、精神在天堂的灵魂之旅,是追寻与挑战并存的随性自由的行走。虽然行进途中因为疲惫与艰难会有抱怨,但收获的快乐是无法用文字来表述的。我还记得,从色季拉山往下冲时,我把身体立了起来,站在踏板上,让车沿着下山路高速前行,风呼呼地在身边飞过,此时耳机里的音乐恰到好处——《三天三夜》。在充满激情的音乐和色彩斑斓的大山中,自己仿佛就是一只自由快乐的鸟儿,乘着山谷的气流,自在畅快地翱翔。

这简直就是一场梦!

骑行拉萨,我理解了简单即幸福。也许是这一路经历给我的启示,又或许是年龄增加使然。城市生活中,我们身陷欲望、压力、虚荣等等,很容易忘了什么才是生活的真谛。幸福源于简单,源于每一天的快乐。这一路行来,我学会了舍与得。尽管第一次川藏行经历崩溃后渐入佳境，但生活中有更重要的事要去做，我选择了放弃。骑行滇藏时，尽管我的状态已经可以完美地完成整个骑行，为与队友保持同进退，我放弃了一段旅程。回头想想，得到的远远多于放弃的遗憾。我学会了梦想与行动。"梦想很重要，万一实现了呢？"川藏、滇藏骑行，对我来说曾那样不可触及，别说做梦，就连想都没想过。但当初的梦，在家人的支持和朋友们的协作下，已然成了人生的一段美好经历。

骑行拉萨，是一种方式，更是一种态度。中年创业有所成的妻子曾有过一句由衷的感叹："想出发，多晚都可以！"创业如此，骑行亦如此，对于梦想的追求也应如此。诗和远方，充满了浪漫主义色彩，并非空中楼阁，也并非年轻人的专利。只要心怀期许，积极行动，现实的阳光便会照进梦想。在追寻的路上，会遇见多姿多彩的风景，感受到世界的博大，人生的精彩；也会遇见另一个自己，一个陌生的却又无比真实的自己。

写这本书，还有一个小小的想法，希望在城市中成长的儿子，能看到爸爸的另一面。有一天，他也能敢于去迎接风雨，学会坚忍，勇于挑战，能够站在更高更远的地方，去探寻这个世界。

**目 录**
CONTENTS

# 1
## 川藏线上的初体验

写在开始 〜 002

五味杂陈 〜 005

下山磨砺 〜 012

极致骑行 〜 017

云端漫步 〜 026

理塘折返 〜 030

风马折多 〜 035

# 2

## 滇藏线上的遇见

雨中出发 〜 040

踏上高原 〜 045

香格里拉 〜 053

| 章节 | 页码 |
|---|---|
| 爱在路上 | 061 |
| 超级长坡 | 070 |
| 月映银山 | 078 |
| 今日进藏 | 086 |
| 干渴恐惧 | 093 |
| 小新都桥 | 101 |
| 伤痛困扰 | 108 |
| 无可阻挡 | 118 |
| 状态低迷 | 125 |
| 经历72拐 | 130 |
| 冰火两重 | 136 |
| 然乌的美 | 144 |
| 楼顶天台 | 151 |
| 峡谷温泉 | 156 |
| 放慢节奏 | 167 |
| 肆意飞翔 | 173 |
| 狂奔拉萨 | 178 |
| 拉萨不是终点 | 186 |

西部有高山崛起，西部有大河奔流，
西部有无限的风光美景，
牵动我骑游的神经……

# 川藏线上的初体验

理塘 — 红龙乡 — 112道班 — 雅江 — 新都桥 — 康定 — 成都 — 宁波

## START 写在开始　宁波—成都—康定

### 1. 机场

机场，旅程开始或是结束的地方。现在，我站在起点。

骑行川藏线宛若一个无法触及的梦。在老火提出川藏骑行时，我仅仅是以一个旁观者的姿态，羡慕和佩服，脑中是三个大字"不可能"。从未想过有一天自己会沿着这条线，由川入藏，翻越高山深谷，体验艰险，领略高原的壮丽风光。这些年，曾数次涉足川西藏区，在海螺沟惊叹冰川的酷美，在四姑娘山纵马原始森林，在丹巴游览藏寨羌碉，藏区的民俗风情和自然风光让我流连不已。也曾直飞拉萨，在布达拉宫前，学着藏人五体投地的方式，心脏紧贴大地，感受这座天宫之城的呼吸；在大昭寺内，在那微微跳动着火焰的长明的酥油灯间，感慨藏人礼佛的虔诚；在罗布林卡，逍遥闲逛于昔日显贵的度假胜地，惊诧这高原之上竟有江南般的园林。西藏，始终处在视野中遥遥的一角，牵动着我行游的神经。而今，我将以骑行的方式，沿着318国道，再次踏上这片雪域高原。

准备阶段是个很漫长的过程，但并没有特别为这次行程忙前忙后，没有为艰苦的行程高标准严要求地进行刻苦锻炼，没有跑来跑去精心地准备各式装备。没有热情高涨，也没有激动不已，是不是现在的年纪，淡泊宁静已经是很正常的状态？一切似乎只是一个很自然的过程，该来就来，该做便做。跑步，网购，骑车，还有粗略地翻阅一些相关的网帖。

老火专门组织了一次括苍山拉练，括苍山28公里的上山路，他与信封一天爬

# 318国道

了两次,强度之大让我大吃一惊。我有事没能参加,只是在某个周日勉强爬了15公里的山路,算是适应性训练。

川藏线,一路都是数千米的高山,动辄好几十公里的爬坡,我能吃得消吗?

今天是出发的日子,工作依旧没有停歇。忙碌了一整天之后,坐在候机厅里,被紧张的工作节奏充斥的大脑神经渐渐松弛了下来,方才真真切切地意识到,从现在开始,旅程拉开了帷幕。

## 2. 康定

由于假期的关系,我们没有把骑行川藏线的起点定在成都,而是从宁波飞到成都后,再坐大巴车到康定县,这样才能在计划的时间内完成整个骑行。

车过二郎山后,下坡直到泸定县。城市正在新建中,加之一个大型水电站修建的缘故,记忆中的小城已荡然无存。出了城,好像是一路的上坡,直至最后的一个大坡,便来到了康定——情歌的故乡。康定,古名"打箭炉",茶马古道的要塞,是川藏北线与西线的交叉点。很多人都是从民歌《康定情歌》中听说这座小城的。对于这座城,感觉印象要比现实来得更美好,或许是王洛宾的《康定情歌》太优美浪漫,实际到了康定这座

打箭炉雕像,康定往昔的印象

|遇|见|风|景| 🚴 |遇|见|自|己|

康定夜景

广场锅庄

拼装自行车

城市,反倒很难体会到歌声中描绘的意境。当然,这只是我的感受。

　　简单地用过晚餐后,我们到街上逛了逛。小城很热闹,一条急流贯穿整座城市。这片区域的小城基本上都是这样,处于峡谷沿江不大的空地上,依山沿河而建。城市中平地少,坡地多,有着典型的山城特色。市中心广场建在急流边的一个小高台上。像中国诸多城市的广场一样,这里也有很多人聚在一起跳舞,只是不叫广场舞,叫"锅庄"。我们加入这些欢快的人群。信封内敛,有些木讷,老火则融入得很快,跳得有模有样,我介乎其间。很快,我们三人就淹没在热闹而欢快的人群里。我想,这算苦行前的自得其乐吧。

　　下午装车的时候,我闹了个小笑话。大巴是下午四点不到到达康定的,下车后,我们就地安装自行车。在装车时错把他们的一个车架装到了自己的车上,结果左搞右搞螺丝就是对不上号,整个人因此又急又躁,还白白浪费了好些时间。说句实话,这是我第一次拼装自行车,再加上承重货架是新采购的,更是生疏,总担心哪儿不对从而影响了整个行程。

　　如今,所有的准备已经就绪,箭已上弦,所有的紧张和兴奋将就此展开!往北,沿着川藏线,1800公里,18天,目的地:拉萨。

## DAY.1 康定—新都桥
## 五味杂陈

### 1. 艰辛的翻越

这是骑行的第一天。计划中的路线，是从康定城到折多山垭口，海拔从 2395 米上升到 4298 米，爬坡距离为 36 公里，下山再行 40 公里到达新都桥。想过其中的困难，但没想到会是如此折磨人！我以为登上垭口，一定会欢呼雀跃，事实却并非如此！

山与人

|遇|见|风|景| |遇|见|自|己|

　　一大早,我们简单地在路边小店用大饼稀饭解决了早餐问题。往行囊中多塞了几个大饼权当路上补给,便伴着充满凉意的空气开始了千里骑行的第一步。

　　前半程,我的表现让自己都倍感惊讶!

　　从康定城内出发后,行程与预料中一样,长上坡,考验来得没有半点客套和丝毫拖泥带水。尚未出城,便开始爬楼般的爬坡,坡度很陡且参照物简单。沿着马路没爬多久,经过几个转弯,刚才还在旁边的楼房,转眼间楼顶就被甩在了脚底。几十公里的上坡是件没完没了的事,似乎到垭口之前,除了极短一段路有下坡外,上行是唯一的选择。

　　折多塘村位于半山腰处,离康定城16公里。从骑行"攻略"上看,有些骑友若不在康定住宿,便会将住宿地放在折多塘村,这样会方便次日的爬山。只是这次我们从康定出发,必须一口气完成折多山的翻越,目的地是新都桥。老火和信封对我的领先表示不可思议,因为我的速度实在是快了些,一路不住地停下来等他们。

　　清晨的折多山公路,似飘带一样萦绕于山间,扶摇直上。远处,薄雾尚未散尽的高山之巅,初升的太阳照耀其上,散射出金色耀眼的光芒,只可惜没有雪,否则便是传说中"日照金山"的模样。蔚蓝的天空下,白云悠悠低垂,似有若无地贴在山头上。看着这怡人的山、云、天之晨景,让人不着急赶路。

　　我的得意没有持续太久,情况急转直下。

　　离开折多塘村不久,随着上行的继续,我的体力急剧下降,这之后的骑行,只能用艰辛来形容。也许是前半程过于兴奋,用力过猛导致体力跟不上来,又或许是现在的爬坡已远超我之前所有骑行爬山的强度。无论我怎样休息,怎样往嘴里塞食物,大饼、巧克力、红牛,消耗殆尽的体能就是得不到恢复。前方的路开始越变越长,队友们与我的距离也越来越远。

　　到了后来,即使变速已调至最低挡,还有踩不动的感觉,大腿还时不时痉挛,频繁地想停下来休息!在爬上一处高坡后,我终于忍不住将车往护栏边一推,一屁股

|遇|见|风|景| |遇|见|自|己|

老火（中）先骑上折多山垭口，和从新都桥方向骑来的老外骑友合影

漫天飞扬的风马纸

坐在了地上。来往的大货车轰隆隆地从身边驶过,震得鼙鼓地下的地面一阵颤抖。快近垭口时,尽管只剩下几百米的路程,实在不能坚持骑行了,忍不住下来推了一两百米,感觉快到体力透支的边缘。出发时还有点小念头,想要以骑行的方式完美地完成全程,这才第一天,就把这想法扔到爪哇国去了。

这时,一大帮老外骑车从山上冲了下来,看着人家穿着帅气的骑行服,戴着酷酷的墨镜,一边大叫一边急驶而过,一副意气风发的样子。再想想自己,疲惫不堪,只能埋头苦踩,一副"苦大仇深"样,反差太大了!最后还剩两个"之"字形急转弯就能到达垭口时,我还是决定停下休息。一辆自驾车恰好停在身边,车主向我说着什么,我也没听清楚,只是下意识地开口向别人要水 —— 背包里的水早已经喝完了。结果人家给了我两瓶水加一听红牛!

历经艰辛,总算爬上了垭口,已经落后老火一个多小时了。终于站在垭口的时候,居然没有预想中的狂喜和欢呼,有一份平静,还有自得 —— 不管体力如何,总算上来了!这是我人生中第一次骑行爬这么高的山峰,没有征服感,反倒是感激!折多山,这座藏民心中的神山,让我有了这样一次经历。我来过,但很快就离开,而山依然高昂地耸立在这里!

## 2. 摄影天堂新都桥

如果说骑行折多山是一种考验,那新都桥则完全是经受考验后的奖赏!因为新都桥被众多驴友称为摄影天堂。

新都桥的美从我们下山后不久就开始展开了。

从折多山山顶下来时,是下午三点多,时间尚早,而前面仅剩三四十公里的路程,不算太远。尽管上山后半程的确"累得像条狗",但轻轻松松地下了山,以及新

在新都桥路上

都桥扑面而来的美景很快将原有的疲惫一扫而空,完全是"好了伤疤忘了疼"。新都桥,不愧是摄影天堂,一路风景如画。不急着赶路的我,便开始在这"画中"闲逛,骑车的好处也开始显现出来。

  一条弯弯曲曲的溪流在山谷间蜿蜒而去,谷间的盆地随着溪流的延伸渐渐开阔起来。骑行在这条路上,如同人在画中行,目光所及,便是天然的风景画。秋日午后的阳光温暖地洒落在大地上,褐色砖墙带着洁白窗沿的藏房,散落于山坡草甸之上。一簇一簇的榆树,或伴溪而立,或簇拥着屋舍,那些青绿或嫩黄的叶片,闪烁着灿烂的金光。深蓝色的溪流在青草间恣意流淌,倒映着蓝天白云。溪边,牦牛、马匹和羊群随性自在,或饮水,或啃食青草,任我们这些看客的目光扫来扫去,仿佛它们就是这里的主人。天气爽朗,云彩此时也很照顾我的心情,它仿佛就是太阳的画笔,大地成了画案,在刺目的阳光下,云彩描绘着阴影,变幻着身姿在山谷间不断

遇 | 见 | 风 | 景　　遇 | 见 | 自 | 己

如画卷般的新都桥美景

地移动。眼前即便是同一道风景,因时间的变化,光线的迥异,不一会儿就呈现出不一样的风情。

　　这里路况很好,又是远离城市的乡间,空气中都渗出深秋高原的气息。一路上自驾车呼啸而过,我倒有些替他们可惜,待在这高速驶过的车厢里,哪能如我这般舒适而闲散地享受这上天的神来之笔。不过,也有些知风情、懂情调的车主索性就停了下来,闲坐于路边,或干脆走入草地,在溪流边和树丛间逗留。

　　晚上入住的是青年旅社,一幢位于三岔路口边上的藏式民居。当我们不紧不慢地骑到时,初秋的暮色已经渐渐降临,褐色的院墙上,白色的窗沿仍十分显眼。空气中飘散着青草的香味,虫鸣声在草丛间此起彼伏。推着车步入宽敞的院落,尽管非常疲惫,但却有一种别样的兴奋在心头荡漾——为着这一天能坚持下来的骑行,为着能翻越海拔 4000 余米的高山,为着这美丽的新都桥风光。

　　骑行在路上时,我有时会想,到底是为了什么,选择骑车的方式踏上旅程,这么辛苦,除了感受风景,意义何在?可想来想去搞不清楚,索性不去想,专心地骑车。这样倒也好,行于路上,不在乎来往的车辆,不在乎所有的杂事,累了,休息,好了,继续。疲惫之外,自有一份清闲,自有一份自在,自有一种隐隐的自由与快乐在内心弥漫。

## DAY.2 新都桥—雅江
# 下山磨砺

从新都桥到雅江，途中要翻过海拔4412米的高尔寺山。

昨夜没有睡好，一夜怪梦不断，是不是海拔高的原因？这一路走来，倒也没有发生高原反应。

清晨七时起床，从旅馆出来时已经八点了，太阳还被高山藏在角落里。若在宁波，早已日上三竿。前方的山坡上，有大片的雾气聚在半空，空气中传来一股沁凉的气息。让人感觉神奇的是，远处一团团紫气浮在小山间，与周围的白雾，澄澈的蓝天，沾染着露水的绿树，形成一幅自然和谐的画面——新都桥的早晨。这不禁让人想起李白的名句"日照香炉生紫烟"。阳光初照，紫气升腾，白色的光柱穿透轻盈而缭绕的紫烟，这样的感觉真是太美妙了！

新都桥是个极美的地方。318国道线贯穿小镇，高大的榆树整齐地排列在路的两侧，形成林荫大道。与我多年前路过时相比，已经有了很大的变化，许多漂亮的藏式小客栈建了起来，看来商业化的发展正在慢慢改变着小城的面貌。

上山从来都是没完没了的累，有了昨天的经验，我不是太在乎，只是今天的上坡路况不大好，体力消耗的同时，还得提防飞扬的尘土。出小镇不远便是小幅度的上坡，路况极差，汽车一过便满是灰尘，这种状况一直持续到目的地。上山时，我不停地向远处看，总希望远处那个高高的转折处便是幸福的驿站——垭口，可每每总是失望。最后索性不去看，只听着音乐，数路上别人画的路标数。一个又一个转折，唯一比昨天好的地方是这里没有让人恐惧的长上坡。

通过垭口后不远处，有一个公安治安点，可以休息喝开水，感觉很是舒心。骑行在路上,最不放心的就是治安问题,但一路上遇见的藏民非常礼貌和热心。传说中318线上发生过多次抢劫事件,多年前我随车过来时也碰到过敲诈(问题倒也不太大,一点小损失而已)。在垭口附近安排警务室,说明当地政府对这条路的治安还是非常用心的,至少有了治安点,可以让过路的骑友及自驾的朋友们安心。治安点的警察很友善,还给我们提供了休息的地方,令我们心里也踏实多了。

经过治安点后有一段较长距离的缓上坡,美好的风景出现了。贡嘎雪山,就在遥远的天的尽头,在我们的身后。可惜我的两位朋友一心往前骑,错过了这美好的风景,像我这样习惯于东张西望、随地休息、行行摄摄,美景是不大会错过的。

对骑行者而言,上山要消耗大量体力,是纯属付出的过程,下山轻车快捷就是潇洒刺激、收取回报的时刻。从高尔寺山下到雅江县城,海拔相差近1900米,按理是很畅快的过程,只要握紧把手,就放心大胆地往前冲吧。可这次,以往的付出与回报理论是完全不适用的,下山反倒是一个痛苦的过程,这段下山路真是不堪回首!

当地居民

遇 见 风 景  遇 见 自 己

　　路实在是太烂了！下山路约55公里，整个路段全是坑坑洼洼的石子路，没有一寸水泥路。整个骑行过程中，我不敢抬头，因为眼睛要时刻注意前面的大小石头和大坑小坑。一方面要注意避大石头，防止摔车；另一方面要注意车速，防止因太快压到小石头时侧滑或冲入坑中导致翻车。一路低头，在快速下冲过程中，脑袋长时间地保持不动，感觉颈椎都有些酸痛，不用说握着车把的手掌虎口被震得麻木，就连屁股也早被颠得连车座都不想挨到。昨天从折多山下行时，我还有些埋怨下山路短了点，没尽情享受冲坡的快意，今天在这满是坑洼与石块的道路上，我是半点痛快的感觉也没有，巴不得尽快赶到目的地。

　　这次的下山完全是个痛苦的过程，真不知怎么熬过来的！

　　高尔寺山的这条下山石子路是骑友们抱怨最多的路段之一。我们下山的时候仅仅是受到石子及坑洼路的颠簸及尘土飞扬之苦，若是在雨天，雨水冲刷过的这段路面则完全是泥泞和分辨不清的深坑，在那种天气状况下，摔车是极为常见的。此时皮肉之苦与精神折磨是其次的，车摔坏了不得不中断行程才是最痛苦的事情。

**318线上堵车是常态**

运气最不济的，因大雨造成塌方，就只能等待或想方设法"跳跃"过去了！所以我们还是庆幸自己运气不错，顺利地通过了此路段。

雅江县城，因雅砻江得名，位于三河交汇一侧的山坡上，历史上是茶马古道上重要的渡口，如今已经修建了大桥，天堑变通途。从高尔寺山令人忿忿然的石子路穿出，再次见到虽有些破损但平整的水泥路时，如释重负。

318国道在这里有个小分岔，一条路沿江北上，从远方顺着一座新桥绕过县城，另一条则直接经老桥渡江，经过县城再往北与前者会合。我们决定留宿县城，故而选择直接渡江，尽管看到前方进入县城的路上有个极陡的上坡。

城依着山坡沿江而建，地域层叠而又狭长。通过一个窄窄的入口方能进入县城，想来若是以前，此地定是易守难攻之处。县城内的道路很是狭窄，一条仅两车道宽的公路便是主干道，道路两边密密麻麻地挤满了房子，也难怪318线有条新路要特意绕过县城，看来是不得已的选择。山坡上，邮局、医院、商场、宾馆、饭店等应有尽有。从基本不是上坡便是下坡的街道，能看出此地的热闹和繁华。

下榻的旅馆在县城入口处不远的路边，一幢三层小楼，建在靠江一侧。小楼与两边的建筑紧挨在一起，这里实在没有多余的空间让大家保持距离。上楼的通道极窄，只够一人上下，所以自行车只能停放在一楼房东的仓库里。还得费力抱着行李爬上三楼，二楼是房东的家，三楼的几个房间才供外人住宿。住宿按床位收费，倒也实惠。因为店里的客人只有我们三个，老火要了两间房，他和信封睡一间，我独住一间——他们可受不了我雷鸣般的呼噜声。

房间简易而又紧凑。我在墙上看见一段小字："骑车出来已经有两个月了，出发时的激动和兴奋早已烟消云散。下一步要去向哪里，迷茫和苦闷。"看看落款时间，是两个月前写的。小小的有些散乱的字里行间，透出一股无奈和空虚，让我着实为这位骑友感到焦虑。出来行走，却不知方向何在，说是骑行，实际就是一种从身到心的流浪。也许这位骑友出发的时候，是志气高昂的，可能像传闻中的要骑遍

从住的旅馆抬头望去,对面是进城时经过的 318 国道,底下是雅砻江

全国,走向四方。两个月的时间,算起来也应该有五六千公里的行程,冷暖风霜早已尝过,坚持忍耐也不在话下。只是眼下失去了方向,也就没有了坚持的动力,何去何从,但愿他做出更好的选择吧。

# DAY.3 雅江—112道班
## 极致骑行

### 1. 半山腰的旅馆

今天的目的地是112道班。

从雅江到理塘,直线距离137公里左右。老火说,他查过"攻略",像我们这种骑行队中的"老年团",一口气是踩不到的,所以选了个中间的地方休整,让大家不用太辛苦。从海拔图上看,雅江处于深V的底部,海拔为2540米。V的右边就是昨天我们一路颠着屁股下来的路,海拔直下约1900米,而左边那条陡直的斜线,是一条海拔直上约2100米的公路,到达标高4659米的剪子湾。之后本来对称的线条猛然颤抖,向左拉出一连串W,就如同本来好好地描绘着平静时心率跳动的心电图,忽然碰到心脏急跳。这一串的W表示在这块高海拔区域将出现连续的高低起伏。看着海拔图,我并没有太多感想,老火说我们是"老年团"的时候,我还在想,这样未免太看不起自己了。没有想到,这如心电图一般起伏的几条线,最后把我们折磨得几近崩溃。

清晨,出发前,我特意换上骑行裤,因为昨天颠簸的下山路让屁股吃尽了苦头。离开县城时,一条长长的沿江公路逆流而上,宛如一条飘带甩入远处的山林,将整个县城留在江湾边平缓处。进入山林后,土石路替代了水泥路,还好路面坑洼不多。加之天气晴朗,如果不是路过的车辆会带起尘土的话,还算是不错的路况。不赶路,我的心也不急,慢悠悠地骑在后面,享受清晨林间的清新空气。

在半山腰的相克宗村,我们在路边的一家藏式青年旅馆休息。这是紧邻的两

遇见风景 遇见自己

家旅馆之一,旁边的另一家院子更大,似乎更适合停放自驾车,像我们这种人力车,还是在这家的小院子更好啦!这是一幢典型的三层藏族小楼。一楼很简单,光线很暗,堆放着杂物,我没有去查看他们有没有养牲畜。一般来讲,藏民的房子基本上是一整幢的,人、畜都在一幢房子里,主要是因为海拔高,冬天冷,牲畜养在一楼,既保暖,又方便照看。

  我们沿着很陡的小楼梯爬上二楼,说陡是因为这种楼梯其实就是一个稍粗点的树干,然后用砍刀再切削出一道道坎,这些坎就是脚踩的阶梯了。爬上二楼,眼前顿时像换了一个世界,是与一楼完全不一样的景象。屋里开着灯,还有从窗户外面透进来的光,所以感觉这里一下子比一楼亮了许多。屋子很宽敞,木地板干净清爽。四周是铺上了彩色毛毡的床榻,应该是供客人睡觉的床,估算一下住二十多人没有问题。屋子中央生着炉子,还有电视、桌子等,看来是一个集客厅、卧室、餐厅、厨房

秋高气爽的山间公路,让人很容易就忘掉一切

于一体的所在。屋子里很暖和,温暖的炉火一直燃着,一个水壶放在上面,咕咕地正冒着热气。热烘烘的炉子,再加上整齐摆放的暖色调家具,让人心里都觉得很温暖。再沿着陡梯到了三楼,这里则隔成一间间小屋子,里头是干净整洁的双床房。

颇具特色的是这里的"茅房"。

要上厕所只能爬上三楼,二楼没有厕所。厕所从外面看倒也没什么特别,里面也很干净整洁,比我们在县城时待过的旅馆要好很多,一点也不像乡村旅舍的样子。木板墙上题了许多"诗",没记下来倒真有些遗憾。但蹲在那儿,风就呼呼地从下面的洞口蹿上来,哈哈!定睛一瞧,这个厕所完全是凌空的,有十五到二十米的高度。原来旅馆建的时候前沿公路,后靠高坡,厕所就建在楼顶紧临外侧的空中,真是"悬厕"呀!且不说这排泄物如何飞泄而下,若是寒风呼呼的时候,待在这儿"方便",屁股估计应该会冻僵吧!

回到二楼,老火与旅馆的男主人正在聊些什么,女主人在一旁的炉子上剪着烙饼。男主人是一位身材瘦高的藏族帅哥,宽宽的额头,一头有些卷曲的长发,看起来颇有些艺术家的气质。帅哥操一口生硬的四川话,语速不是很快,但是我还是得竖起耳朵来听,否则很难听懂。谈到兴头上,帅哥站起来,扭头朝门廊外走去,不一会就回来,手上多了个又黑又长的玩意。我们接过来仔细一看,这个黑褐色,犹如砖头的玩意。将之拿在手上,颇有些份量,但又不像砖头那么重。帅哥说这是他们家里储藏的茶砖,平时要喝茶就从上面切些下来。看着眼前的这长条形,并不起眼的黑褐茶砖,我的心里颇为感概。

这眼前的砖头似的玩意,在历史长河中,却是连接汉藏地区的重要纽带,有了它,便有了著名的茶马互市,也就形成了入藏的几条重要通道,俗称茶马古道。茶叶是高原人民平衡饮食、补充微量元素的重要物质,受制于高原自然环境,茶叶便需从低海拔产茶地进行采购,而相应高海拔地区输出的主要物质是马匹,茶马互市历史悠久,有记载的可以追溯到南北朝时期。具体的形式为茶叶经过加工处理,成

遇 | 见 | 风 | 景　　遇 | 见 | 自 | 己

富丽堂皇的旅馆二楼

旅馆女主人

男女主人

为易为长途运输的茶砖,商人们采购后,通过马帮,以骡马驮运的方式,徒步跋涉,穿越高山峡谷,冰峰雪岭,将茶叶送至藏区。茶马古道有三条主要通道,川藏线、滇藏线和青藏线。从三个不同方向直指拉萨,最后通过拉萨,到达印度、尼泊尔。让人真是难以想象,在如此遥远的时期,这块交通极不发达的区域,竟然会有如此庞大的交通物流网络。这几天经过的康定、雅江便是茶马古道重要的节点。

旅馆处于半山腰的位置,往来的客人大都会在这儿歇歇脚,如果从县城出发时间晚的话,这儿应该是很理想的住宿地,也有骑友从高尔寺山下来时,不住雅江,而是一直骑到这里。当然,也别无他处。客厅的桌上放着一本厚厚的留言本,这个比墙上的涂鸦就显得文明多了。粗粗翻阅了一下,感谢招待的话语较多,这个我们已经从主人不多的言语和热情的笑容中感受到了。其中有一位骑友的留言引起了我的注意,大概是这样写的:"从雅江出发时,天已经有些晚了。下着雨,路实在很烂,一路厚厚的烂泥和坑洼,实在是没有办法骑。想要搭车,却又找不到过路的汽车,即便想返回县城也做不到。在雨夜中摸黑推车上来,门前的灯光简直就是救命的援手。感谢店主的热情,让我有了这个温暖的栖身之地。"

## 2. 情感喷涌

休息之后,继续上路。我还是远远地跟在队友后面,不紧不慢地赶路。今天的上坡难度略大于第一天爬折多山,急也急不来,再说老火已经把路程缩短了,我也没太大心理压力。想想那些骑友写下的雨天的艰难,相比之下,眼下的状况要好许多。

等我晃晃悠悠地骑上垭口时,老火和信封已经等候多时了。他俩体力好,实力强,而我恋风景,总是停停摄摄,这也成了落后的一个因素。正想同他们好好打个

遇│见│风│景　遇│见│自│己

如绒毯似的山巅

行进途中的信封

招呼,天色突然大变!上坡时还是零零星星的小雨滴,转眼间便急促和狂躁起来,并夹杂着豆大的冰雹,如同子弹般打了过来,温度也急速下降。老火赶紧招呼信封下山,问我有没有问题。我摇摇手,让他也先下去。当时,我穿着冲锋衣,不担心会被雨水打湿,本来想这急雨一下子就过去了。可夹杂着冰雹的雨越下越大,心里开始发急。骑行裤如果湿了可就糟啦!在这高海拔区域很容易就会受凉感冒,那可不是小事。连忙从包里找出冲锋裤穿上,裹紧冲锋衣裤,人也暖和了许多。老火看到我将风雨装备换上了,也急急地往山下冲。等我把一切料理好后,他俩早已冲出很远。

在这疾雨骤雹中,随着队友们的离开,垭口变得格外空旷。猛然间,寒冷、饥渴与孤独交杂着袭来,并迅速地透过衣物、皮肤渗入五脏六腑。一瞬间,这个高海拔的山口,就成了只有我一个人的孤独星球。不敢在垭口久待,我扶着车过了垭口,冲了下来。滑行一段后,忽然想起把手机音乐打开,冻得有些发麻的手费了半天劲才将缠成一团的耳机线弄好。打开手机,正好看见远在南昌的大姐发来短信:"平平:一路风雨兼程,祝一切顺利!老姐。"此时,雨势小了些,人也开始从急切中平缓下来。当熟悉的音乐从包得严严实实的帽子传入耳中，是王力宏的《你不知道的事》，想起老姐的话，泪水竟然不受控制似的流了出来。

在这个离家遥远的山巅，刚刚还被寒冷、饥渴与孤独包围的我，刹那间，就被这一句飞越崇山峻岭的关怀所感动。我感受到一股暖意由心底升腾起来，一种热烈的情感随着耳边的音乐喷涌而出。我是一个偏内向的人，平时觉得话不必多说，一切以行动为准。但此时，这条短信让我真切地感受到表达的重要性。虽然只是一句话，一个问候，却能给人力量。

在这海拔4659米的高山垭口，我真切感受到来自远方亲人的牵挂，一条短信就像一把钥匙，一曲音乐似一支润滑剂，开启了我心灵深处的一道闸门。

### 3. 几近崩溃

从垭口冲下，逃出疾雨冰雹，我们在垭口下方几公里处的警务站休整。318线上的旅程，警务站是骑行者的福音：宽敞舒适而又安全的环境，可以彻底放松地休息、闲聊、补充开水，或抓紧时间吃点食物。离开警务站，朋友们照常冲在我的前方；而我仍是慢悠悠地前行，此时的慢，实在是因为体力难以支撑。

开始，我还在迷恋路途中的风景。雨后，高原上的景色令人心旷神怡。远处阳光透过云层，落在一块略有起伏的高山草甸上。黄昏时分的光线柔和，高山草场宛若嫩黄的长毯盖在起伏的山丘之上，草场之上散落着一些帐篷，在阳光下反射出星星点点的亮光，不见阳光的地方则犹如黝黑的波浪，映衬着这嫩黄的起伏。真是一幅浑然天成的彩色水墨画！

很快，我的诗情画意、云淡风轻被体力不支的疲态击得粉碎。早晨在地图上看见的"W"地形开始发挥了它的威力。不知何时开始，我的体力仿佛被抽干了似的，比起在折多山时大有不如，只能频繁地下车休息。爬折多山时尚能够坚持，现在不停地休息使我早早地就下定了搭车的决心。但从警务站骑行十多公里之后，就没有见到过一辆经过的车，搭车的想法被现实无情地否定。

"实在是不愿骑了，也实在是踩不动了。"脑袋里似乎总有一个声音在提醒自己。疲惫的不仅仅是双脚，整个身体也基本陷入了一种无力的状态，路面上仅仅一点点的上升坡度，也不得不下车推行，隔着手套，发麻的双手似乎还能感觉到车把上传来的凉意。坑坑洼洼的路面还好没有太多的积水和泥泞，最后的这段推车加骑行，心中只剩下一个念头，到住宿地就可以躺下了。当接到老火的电话，说将预计中的119道班提前到112道班时，我只是想："哦，可以少骑点路了！"

夜幕似乎是在一瞬间降临的。

编号为112道班的小楼，孤零零地立于公路边，已经完全被夜色吞没。幸好，我是在黑夜完全到来之前，抵达这座视野中已只剩下模模糊糊一团影子的小楼。

这里海拔大约4200米以上，夜的凉加上高原的寒使得温度低得有些可怕。

晚餐是水煮牛肉，其实就是一大锅夹杂着土豆块、干辣椒和牦牛肉的汤。汤不

112道班，老火抵达时天光尚亮，而我到达时已是模糊的一团影子

是很烫，牦牛肉硬硬的像是煮不烂，米饭夹生，似乎是中午时的剩饭。挤在小屋内，一起用餐的也就四个人，道班师傅和我们仨。泛黄的白炽灯不是太亮，烧着开水的煤炉放在小屋中央，从锅底炉内煤球中映出的红光倒是渲染着四周。道班师傅不大说话，只是自顾自地吃饭。信封还没缓过来，只喝了点汤。刚刚我赶到的时候，他和衣躺在床上，全然不省人事，从睡姿看，似乎是一进来，便扑倒在床上没有动过。老火说他体力透支，完全崩溃了！就着炉火，我仔细地观察了一下信封，他的脸色仍是苍白，说话的声音很轻，完全不是平时的样子。三言两语后，大家做了个决定，如果明天没有恢复的话，就放弃骑行，搭车！

现在，我有些舒缓过来了。胃口出奇地好，热热的汤流进肚子，干辣椒刺激的辣味充斥口腔，硬邦邦夹生的米饭也吃下去了两大碗。尽管身上仍十分困乏，但此刻靠在热烘烘的炉子边，坐在暖意四溢的房子里，相比刚才的落魄，简直就是神仙一般的享受。想想，如果错过这里，还待在那个黑洞洞的山野，向不知到底还有多远的地方继续骑行，那真是太可怕了。

晚餐后，开始"哗哗"地下起大雨来。回到简陋的房间，蜷缩在温暖的被窝里，我还没有完全回过神来，散着暖意的棉被竟有种不真实感。屋外已不再是沉寂而又可怕无边的夜，而是无休无止的电闪雷鸣！隔着黑暗，我似乎能看见那肆意翻滚碰撞的乌云，以及狂放刺眼的雷电闪烁，奔走闪现在无尽的高原！头顶上，隔着薄薄的屋顶，雪或是冰雹正不知疲倦地敲击着。这幢低矮、陈旧的两层小楼，俨然成了我们在这狂暴海洋中的避难所。

# DAY.4　112道班—红龙乡
## 云端漫步

晨起,天空早已不见狂风暴雨的丝毫气息。

一条"之"字形山路,像一条亮亮的带子,很利落地划拉在对面的山坡上,那是昨天来的路,来时的狼狈与落魄被一夜的风雨洗涤得荡然无存。山坡坡度平缓,深绿和黑褐的草甸缀满了整个山野。近处,稀薄的晨雾还缥缈地浮在山坡上,而远处的两个圆滚滚的山头已然成了"云中的台阁"。

云开雾散,雷电风雨变晴空万里。我们的骑行状态也是180度大转变,昨天已然崩溃得要全部放弃,今晨却又精神抖擞地再次出发了。

大清早从112道班出发后,我们便一直在高低起伏,海拔高差不大的山丘间上下穿行。这里不是山巅,准确地说,是海拔4000米以上的高山原野。天极蓝,周边的云仿佛不要身价似的,放弃了往日高高在上、不可一世的"高贵",竞相往地面、往山谷间"砸"。大片大片的云层似是在这片起伏的高海拔坡地间嬉戏。有些云,兴

"之"字形路

在云端

成了云中仙

许是玩得开心,居然直接由山谷底下升腾起来,形成厚薄不均的雾团留在山坡上,把我们变成了云中仙。

这实在是太让人惊喜了!

"真想来杯啤酒呀!"在一个山包的转弯处,我对着老火和信封大声叫道。此时我们刚刚骑过了一段距离不短的长坡,脚下和眼前是大片大片的云海,触手可及。

说到酒,老火和信封看着我,笑着。我想我们就差举杯同庆了!

并非我们经过此地时运气好,云海弥漫,绿野起伏。实则从112道班至红龙乡(可能范围更广些),整段路海拔基本都在4000米以上,被人们喻为"云端漫步"。当然,如果运气实在不好碰到雨雪天气的话(这个也让我碰到了!后话),那就只能埋头匆匆赶路,没有我们当时的闲情逸致了。

翻越海拔4718米的卡子拉山时,我已经没有了太多的兴奋。兴许是连日的翻山越岭,又或许是相对海拔不高的原因,我早已没有当初"蜗牛"式爬上折多山时的英雄豪情。那块被我用黑煤块画上汽车牌号的硬纸板,半折着贴在行李架上,了无气势。有搭车路过的杭州美女求合影,骑行在外,风尘仆仆的样子,想来自己的样子应该沧桑感十足,着实被老火调侃了一番,算不算是"美女与野兽",哈哈!

"美女与野兽"

相比合影，我更乐意接受"馈赠"。

过兵站不久，两个伙伴已经跑得不知去向了。天空压得很低，狭窄的天地间，只剩下高山无休无止地波浪般起伏。我沉醉于这样的骑行，一个人，一片天，一块广袤而不知边际的世界。因为路没有分岔，所以也不用担心迷路，如果不是担心野狗来追，或是运气实在不好碰到抢劫，我甚至有些享受一个人的状态。

一辆过路的越野车在我身边停了下来，简单寒暄之后，他们给了我一些红牛和水果。在路上，这种事时有发生，尽管东西不多，但足以令人感动。不仅仅是得到了这些食物和饮料，更多的是体会到了路人的帮助与支持。在这前不着村后不着店的高原公路，经过长时间的骑行之后，及时得到能量补充是何等重要，毕竟背包中

骑行路上

的供给已所剩无几。

　　近红龙乡时,云层仍依傍着山脉,这里的草场长势更为茂盛。山丘上的草场,好像已经吸尽了天地的精华,一片苍茫间,深秋已在这片山野悄然而至。4000多米的海拔,路上没有车,空气中散发着阵阵寒意,夹杂着草的气息,一派清凉、平静与和谐。我很是惬意,久久不愿骑下山坡。

　　行入红龙乡,国道正在翻修。狭窄的乡间公路上,汽车扬起漫天的尘土,遮盖了三五米内的一切。道路不宽,人也无处躲藏,还好此时的我早已严阵以待。用魔术巾蒙住大半个脸,压低的骑行帽下,只露出戴了墨镜的双眼。有一队越野车正好经过,车身上贴着"×××大学生西藏行"的字样,经过我的时候,一扇车窗开了条缝,伸出一个大拇指,在我的眼前晃了几下。

　　今天仅仅骑行了约60公里,算是很悠闲的一段旅程。

# DAY.5 红龙乡—理塘—雅江
## 理塘折返

清晨起得很早,没有像前几天那样赶着出发,而是与老火一起四处逛了逛。

红龙乡是一处极小的村落,318国道从村中心贯穿而过,一两百米长的国道两侧建着些高高矮矮的民房,便构成了这个乡。国道的路面已经全部扒掉,剩下一条长长的泥坑。也难怪,昨天我们进来的时候,汽车一过,便是漫天的灰尘。不过,此时,借着晨霭的清新,路上倒是没有半点扬尘,几位早起的藏民零星地走在路边。

我和老火拿着相机,走出村子。晨曦映在远处的山坡上,将整个山坡染成红褐色。只是我的心情有些压抑,因为已经决定今天到了理塘便停止前进。尽管现在已经基本适应了骑行的状态,但因为有更重要的事情要去做,所以必须中止这次旅程。看着沉浸在霞光中的藏族村落,对于剩下的行程,不禁倍加珍惜。

红龙乡到理塘的路程不太远,早餐后出发,午餐前便可抵达。

过完最后一个垭口,眼前豁然开朗,只见远山连绵,山脚下一片广袤的平原延展开来,清亮的河流蜿蜒其间。理塘草原,就这样如聚宝盆似的出现在高山峻岭、雪域深谷重叠交错的高原。理塘是这片区域的交通要地,往西过巴塘便至西藏的芒康,往北则是经甘孜、德格进入西藏的江达,往南经稻城亚丁后到香格里拉进入云南。交通的便利使得理塘城也呈现出318沿线城市中少有的繁荣景象,商铺、旅店和餐馆沿街遍布,藏民、喇嘛摩肩接踵。

这繁荣倒让我感觉不自在。骑车进城后,总感到有无数的目光在注视着我们。多日在人烟稀少的山间流连,一到这人多拥杂的地方就觉得很不适应。藏民多,汉族游客们往往早出晚归,行在大街上,我们几人成了异类。在一家川菜馆旁边停下,信封的轮胎正巧被扎了,老火帮他修车,我负责点菜。骑行了几日,分手在即,我就慷慨解囊,好好犒劳他们一下。菜肴很是丰盛,大家的话语却不多。旁边一大桌似乎是陪了活佛来的一帮藏民和喇嘛,气氛倒是热烈。

用完餐后,老火和信封找了家条件不错的酒店,他们决定好好休息一晚,以便明天完成近190公里的路程(这的确是个挑战,只是与我无关了)。而我,将行李放下之后,便骑着单车到理塘车站找车。车站就在进城不远的岔路口,我举了张写着"成都"的纸牌。很快,一大帮藏民就把我围住了。康巴汉子,人高马大,似一堵围墙,把我围在中央,让我心底生出一丝不安。车站本来就是一个鱼龙混杂之地,何况这陌生的地方。但有什么办法呢,我有些无力,但也只好硬着头皮,勉强地站在那边。还好,他们只是询问我价钱等一些问题。但关键不是价钱,而是问了一圈后却没有车子可以马

红龙乡的孩子们

上回去。最早的是次日早晨，一辆越野车空了一个位子，但不能带自行车。我决定继续站在那儿，举着牌再碰碰运气。最后，一个帅气的、瘦高的，留着卷发的康巴汉子同我谈好价钱，介绍的便是扎西的车，他可以马上回雅江。

扎西，与刚才那位帅气的康巴汉子不同，矮胖肥圆的脸上那对小眼睛散发着类似狡黠的目光，看上去便让人有极大的不信任感。看着扎西，我还是充满了警惕。但是无奈，只有他，可以把我从理塘带回雅江，然后送至康定。说来也奇怪，我都能一个人骑行在荒无人迹的高原上，却担心搭乘一个陌生人的车。

回到酒店，取回行李。扎西也将他的事办妥，我们立即出发。老火心细，在我上车后还特意拍了张照片，我想，算是防个万一吧。

人的心情不好，天气变化也快。我坐在副驾驶位上从昏昏沉沉中醒来的时候，发现外面居然已经纷纷扬扬地下起了雪。真想不到，中午在理塘时还阳光灿烂，更早一点，我还踩着踏板骑行在这片高原之上。而今，我一路前行的伙伴——我的捷安特740，正躺在车顶，经受风吹雪打。

雪下得真大，周围已经是白茫茫的一片了。同扎西在一起，我也不大愿意说话，一来他生硬的四川话我听不大懂，二来也不愿让他知道我更多的信息。虽然是包车，价钱其实不贵，这点钱在平时也就是两三个朋友聚餐花的钱。我很担心雪天行车是否安全，这片我们来时还称为"云端漫步"的公路，此时于我而言却是"危机四伏"。扎西的车仍开得飞快，用他的话说，因为这是他的地盘。

车忽然停了，我又一次从昏睡中醒来。前方有人拦车，好像是有车坏了。扎西推开门就下了车，我仍坐在位子上，懒懒地看着。等了好一会儿，见他回来，心里估摸着应该是帮不上忙，只好祈祷上天帮助那些人了。扎西却没有上车，而是径直走到车后面，把后备箱打开。我觉得有些奇怪，赶紧下车去看。他居然拿出了自己的备胎。我忙问他路还这么远，备胎不用留着给自己吗？他没有回答。跟着他走到前车去，原来那辆车的胎没气了，可又没备胎。扎西很是热心，他在车轮边捣鼓半

遇 见 风 景　遇 见 自 己

寺庙

天，但就是没法装上，可能型号有点不对。

　　雪越来越大了。此时，路上的车很多，不时会有旅行的越野车经过，各种品牌，各种款式，各个省区，踩着雪花，飞驶而过。我们两辆车，一辆小普桑、一辆小面包车，停靠在路边，除了修车的人，包括我在内的几个人，站在路边挥着手，希望有车停下来提供帮助。很久，没有车停下，没有人关心，也没有人过问这两辆停在高原之上的车，在风雪之中将何去何从。站在路边，我觉得有些心凉，犹如这渗入脖颈的雪粒，但又感觉这是我熟悉的一种状态，也许是结束骑行之后，很快又恢复的一种状态。那种久违的、城市化的、如蚕茧般包裹的状态。看着还在忙个不停的扎西，以及路边站着的几位藏民，心中甚至有了一种羞愧感。

　　站了很久，等了很久，仍然没法解决问题。扎西同几个藏民商量后，挥挥手带我回到车里。我问他："他们几个怎么办？"他说："装上那个破轮胎慢慢开下山去。"我无言以对。骑行川藏，是一件很快乐的事情，除了看风景、爬高山，一路上可以很自在、无拘束地同陌生人交流，向每一辆路过的大车招手，也随时回应经过的车辆里探出的脑袋说的"扎西德勒"。只是这一次，我感觉到了深深的隔阂。

　　夜宿雅江县城，扎西的家。

**DAY.6** 雅江 — 康定 — 成都

# 风马折多

归程！

黎明时分，天色仍十分暗淡，人隔着几米远，就只能看见模糊的影子。扎西和他的妻子，还有他的正揉着眼睛、仍睡眼蒙眬的孩子，将我送上了前往康定的车。不一会儿，他们一家的身影便隐没于夜色之中，而我也在汽车的颠簸摇摆中进入了梦乡。

小面包车晃悠悠地爬上折多山高处时，山上早已飘起了漫天雪花，周遭的一切被一片白色笼罩，能见度很低。此处山高路陡，在这种地方行车，平时已经是要很小心了，碰到眼下这天气，安全问题就只能祈求上天，和前面闷着头开车的司机了。此刻，我缩在狭小的车厢里，周围全是藏民，似乎都在打瞌睡，车内除了马达的轰鸣外，倒是异常安静。

沿途风景

遇 | 见 | 风 | 景　　遇 | 见 | 自 | 己

　　我微闭着眼，进入假寐的状态，可心中仍有些翻腾。昨天中午，还在大山深处的理塘，那个仓央嘉措言及"洁白的仙鹤啊，请把双翅借我一飞，不会远走高飞，只到理塘一转就回"的地方。这一次，冥冥中我与这位情圣诗圣有了共通之处。只是我白天骑着车，而情圣梦中吟着诗，大家都到理塘一转就回。从康定到理塘，我们骑了四天半，而汽车将我送回，却只需两个半天的时间。此时的我，虽有不舍，但仍是风雪兼程地往回赶，而我的队友老火和信封，此刻正在冒着风雪，进行190公里的奔袭，翻越海子山，继续318线之旅。

　　过垭口的时候，坐我对面的藏族老人猛然拉开车窗，冰冷的夹杂着雪粒的寒风，倏地一下涌进狭小的车厢。老头迅速从怀里掏出一大把花花绿绿的风马纸，将手伸出窗外，奋力一甩，只见这些风马纸很快地散开在风雪之中，漫天飞扬。

　　老人一只手做着这些动作，另一只手则一直转动着佛珠，嘴里嘟嘟囔囔地念着我听不懂的经文。本来昏昏欲睡的我，一下子被灌进来的凉风惊醒，看着他做的这一切，一时间从茫然变得肃然起来。此时，车厢里的其他藏民不约而同地动着嘴唇，咕咕噜噜地念了起来，狭小的车内已然成了一个诵经的佛堂。车没有停，我向外看

信封前行中的背影

遇 见 风 景　　遇 见 自 己

信封

　　去，窗外的风雪仍在继续，山坡、树、石头都被一片白色所笼罩，冰天雪地间我们似乎是此地孤独的过客。正叹息间，忽然发现路两边似乎多了许多人影，感觉有些奇怪。仔细一看，原来是路边一个个平时看起来颇为神秘和严肃的玛尼堆，在白茫茫的大地上，像极了披着白衣的雪人，分散地站在两旁，注视着我们，像是在庇佑我们一路平安。

　　坐在车里，看着周围这些陌生而又虔诚的面孔，我的心里忽地又很是后悔。昨晚在扎西家，我把自己的行李清理了一遍，将多余的药物和一些用不着的物品都送给了他，现在想想应该多给他一些钱，以及记下他的电话，让更多的人能去用他的车。

　　习惯于城市生活的我，心上始终裹了一层厚厚的壳，在这为时不长的高原骑行中，不知不觉早已将之脱下，可一旦从骑行中醒来，这壳再一次迅速裹上了。

　　车子已经驶下折多山。山下，风雪已不见踪影，阳光一片温和，城市里车水马龙，似乎一切都没有发生过。身后是云遮雾绕的折多山顶，我抗拒着回到熙攘的城市。山头那伴着风雪漫天飞舞的风马纸，狭小车厢内虔诚诵经的低吟浅唱，泥泞路边扎西抱着备胎冻红的圆脸，骑行路上随遇而安的"扎西德勒"……就这样印刻在我记忆的深处。

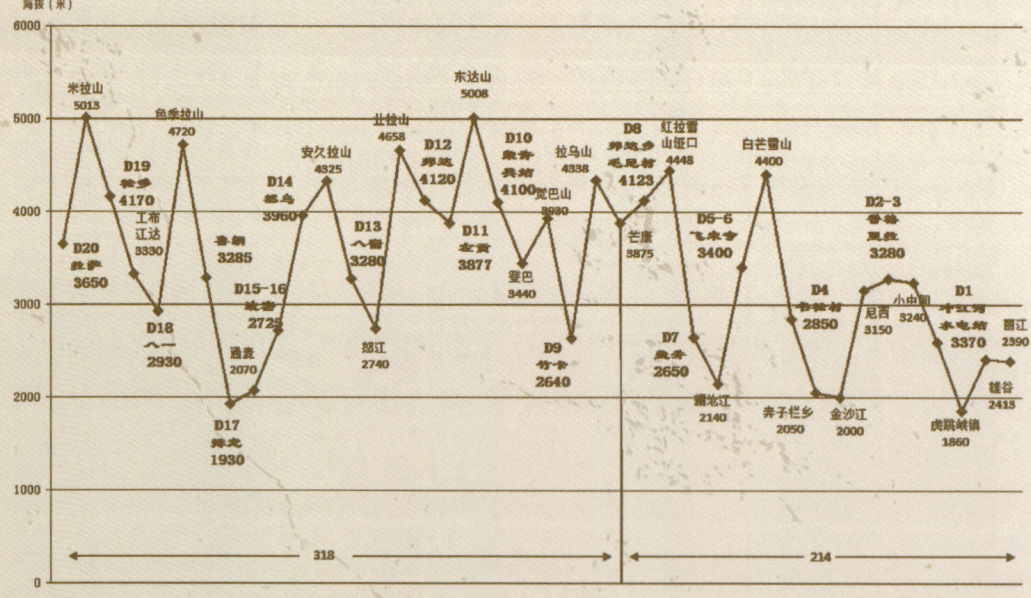

# 滇藏线上的遇见

滇藏公路,一次"眼睛在天堂,身体在地狱"的转山之旅。

雪域高原,群峰林立,山为海,云相接,气吞万象。以骑行的方式行走,放慢心情,放慢脚步,恰似一次遇见。

最初,我心中充满自豪,为完成每一段漫长的爬坡,骑上每一个垭口;渐渐地,我感激大自然如此雄伟及壮观,为这里丰富的美景,还有充满考验和挑战的路线;最后,我真切体会到一种融入,发现自己已然成为山与路的一部分,化为这跨度极大的交响旋律间雀跃的符点。

遇见风景,更是遇见自己。这是一次灵与肉的旅行,让我遇见一个更为纯粹,更为简单,不曾熟悉,却又无比真实的自己。

## 9月12日 起点丽江
## 雨中出发

"路漫漫其修远兮,吾将上下而求索。"

今天,在我的前方,是漫长的滇藏公路。继三年前那次未尽的川藏之旅后,我又踏上行程,这次我的队友是同事小周,约1800公里外,是我们此行的目的地——拉萨。这将是地理意义上的一小段旅程,也将是我人生路上的一段修行。

雨!

早上七点起床,睡得不太好,怪梦不断。小周和我同屋,看着他略有些萎靡的状态,便知道准是被我这一夜的呼噜影响到难以入睡。小周度量颇大,一句"没事",让我的愧疚和歉意减少不小。

屋外哗哗哗地下着雨,雨量不小,按楼下住户的说法,是"暴雨"!真不凑巧,没想到一来就碰上了云南的雨季。出发,还是留下?这下真的成了一个要考虑的问题。走,难度可想而知,长距离的上坡,长时间的冒雨骑行,难度增加不止一倍!难道滇藏线的骑行要在雨天开始?这个还真不在我们的计划内。不走,明天倒是能和网上碰到的大部队一起,但要耽搁一天时间。对我们这些上班族而言,屈指可数的假期"日日如金"!

早餐后,雨小了些,我们在街边踌躇了一会儿。我一跺脚,走!

雨骑的装备准备得很充分,特地网购的防雨罩,上次川藏骑行没用上的防雨靴,超市买的雨披,当初为了一时之需而准备的东西,这次才刚开始便都用上了,真是"全副武装"!装车后,货架极沉,看来带的东西多了些。从客栈到大街有段距离,要下很多阶梯,抬着车子过去着实费力,所以说不能迷信"攻略",客栈贵且真的不

雨中骑行，小周骑在前方

方便骑行者。昨晚下着雨，但车只能放在院内，淋了一晚上，着实让人心疼。

八点四十五分出发。出城很费工夫，因为交通指示牌缺失，在城内及郊区兜转了几圈，直到过束河镇，快到四公里长坡时，见到一块往香格里拉的路牌，这才放下心来——总算走上了正确的道路。

雨天骑行的滋味很不好受，这让我还未激起的信心又跌落了许多。雨衣很厚实，防雨性能挺好，但透气性很差，外面的雨进不来，里面的汗也排不出去。骑行时间还不算太久，也没爬多少坡，但外雨内汗，里外兼湿。

去年四月，我曾和妻子在束河古镇小住过几日。其间租自行车骑行到拉什海一带，那时真是"风花雪月"。天是蓝的，花儿到处开放，远处的雪山一直遥相伴随，空气中都带着温暖的气息！坐在花香四溢的四合小院内，玉龙雪山就在窗前，风景如画，画映窗棂！未曾想到我会这么快再次踏上这片土地。伸长脖子，想寻觅一些往日情景。雨哗哗下着，地面湿湿的，来往的大车不时溅起一大片水花，远处的玉龙雪山被重重云雾包裹着，哪有半点儿影子，空气中更是充满了又潮又寒的湿气，往日情景，无迹可寻了。

这个冰冷的雨天，本来尚存的一丝浪漫情怀，也只好偃旗息鼓。想归想，上坡还是要继续的，四公里的山路在这个充斥着雨水的天气里，成了一个巨大的挑战，厚重的驮包减慢了前行的速度。我只能努力地踏着踏板，同时调整着前车轮，压着路上的流水前进。上到山口，竟有脱力的感觉，真是让人难以置信。这才四公里的山路，出城后至多骑了十来公里的路程，竟会累成这样！老天，这仅仅是开始，后面又将如何继续？！在路边小摊的躲雨处，我们赶紧脱下冲锋衣，衣服基本湿透了，身上的短袖T恤冒着阵阵寒气。看着同伴小周，我没敢说出心中的疑问，我怕会影响士气。

过了拉什海，又有一段上坡路，还好能坚持下来！

有上便有下，上山的辛苦会在下山的轻快中得到补偿。回报来得很不经意，似乎是转过一个山头后就见层层的云雾浮在巨大的山体前，仿佛大团棉花将一整座大山都覆盖起来，煞是好看。这美丽的景致就一直陪我们沿着下坡路继续下去。云雾不断变化，景框内又增加了村庄、田野、弯曲的公路，远处，雪山还不时探出头瞟上几眼，但就是不肯露出全景。

雨下下停停，景变了又变。我们也不时穿雨披脱雨披，驻足拍照，耗费了很多时间。终于拐上长江第一湾后的新柏油路时，先到的骑友老刘已经在等着我们，他一路冲下来，已等了二十多分钟。这时，天已完全晴了，湛蓝的天空白云层叠。停车休整，全然顾不上形象，就在路边脱光，换上干爽的衣服。

中午时分，我们在路旁找了家餐馆，这里的客人只有我们几个。餐馆前有一大片砾石空地，大家把被雨淋湿和汗水浸湿了的物品拿去晒，内衣、外套、长裤、短裤、雨衣、防雨罩、鞋子、袜子，三个人的物件，硬是放了一大片场地，倒也没有白白浪费这大好的高原阳光。端把椅子，坐在餐馆门廊下，从紧张的骑行状态中解脱出来，整个人轻松至极。屋外的天空是被雨水洗过的大片碧蓝，云彩来来去去，变幻着身姿,或丝或雾,或轻盈或厚重,让人不禁感慨"彩云之南"名不虚传。

吃完午饭已两点半,彼时离虎跳峡还有 30 公里下坡路和 25 公里上坡路,时间有点紧张。我最后出发,本来想仗着自己毕竟是个老骑友,尚可压压阵,没想到出发不久,居然爆胎了。行进间,突然感到后轮歪歪扭扭,不着力。跳下一看,Oh My god!"中奖"了!这儿前不着村后不着店,同伴早已远去,路上大车呼啸着疾驰而过,路边刚好拴着两条"汪汪"直吠的恶狗,让人头皮一阵发麻。没有办法,只能硬着头皮靠自己!常言道,有备无患。我骑车多年,还从未补过和换过胎,这次出发前,特地在单位门卫处学习了换胎补胎技术,刚好拿来应付。幸好,这第一次考验顺利过关。

换胎后,想到耽搁的时间,一路奋起直追。只是前方的路看起来像是下坡,实际是平路加小幅上下坡。一脚一脚踩,时速仅 17 到 20 公里。平时我平路骑车的

餐馆门前的一大片砾石场地,正好用来晒衣裤

车速一般在 25 到 30 公里每小时，可想而知这心急而速难疾。

两位同伴在虎跳峡镇桥边的小店等着，同我预料的一致，休息、加水、喝红牛！老刘居然开始在找汽车了。他是名法警，平时也不是经常骑车，来之前也没做过太充分的体力准备，说是想着就来了，骑到哪儿算哪儿，车是新的，包是新的，人也算是"新"的，让我备感吃惊！今天第一次骑他已经感到很吃力，上坡实在辛苦。司机 25 公里来回要价 200 元，太贵，他想了想，决定还是先省钱再说。

25 公里的上坡着实吓人。再次出发已是四点半，考虑到身体甚是疲惫，我们计划用四个小时来完成，做了夜骑和推车或搭车（如果夜晚能搭到的话）的准备。

这种上坡路真没见过，既不像四明山的陡坡，也不像川藏线的山路，那两种路海拔上升明显。这里的路看起来是平的甚至是下坡，骑起来却费力。走过一段，回头一看，坡还真陡。按计划行进、休整，然后又是继续。一路上，相伴我们的似乎只有汗水，以及要完成目标的信念。骑着骑着，冲江河水电站忽地就到了，这是一个标志，前方再上行几公里就是住宿地。人一下子就兴奋起来，老刘也在随后不久跟了上来。

此时是六点多，深邃的峡谷中天色渐暗，远方山口上的天空是悠悠的深蓝，浑浊的河水咆哮着翻滚着，伴着暮色冲泻而来，而我们，看似艰难的行程终于在夜幕完全降临之前告一段落，这真是坚持的结果。

这是滇藏骑行第一天，有疲累，有欢欣，有困难，更有感悟！

大团棉花将一整座大山都覆盖起来

## 9月13日 冲江河水电站—香格里拉
## 踏上高原

今天的行程是从冲江河水电站前往香格里拉,"攻略"表明,只有14公里的上坡,然后便是60公里左右的平路,全程70余公里。

昨晚入住的是水电站上行不远的家庭旅店。一户典型的云南农家大院,一进门,里面是一个大大的院子,极为宽敞。听老板娘说是七月份才开店营业的,可门口的白墙上已经密密麻麻地写满了骑行者留下的涂鸦。旅店早晚餐加一夜单间,只要45元。价钱便宜,房间陈设很简单,也就是主屋后面简单加盖的几间屋子。昏暗但通风的走廊内摆放着一些农具,屋檐下有一根长长的铁丝,上面挂着许多空空的衣架。这也好,骑行了一整天,衣服早已被汗水浸透了不知多少遍,有地方晾晒一下了。虽说旅店条件不好,但骑行累了,有饭吃,有床睡,还可以洗澡晾衣服,我觉得这就知足了。

我想,骑行的最大快乐也许就是这样,简单、纯粹。平时与朋友相聚时,怀念最多的就是学生时代,似乎人只有在那个时候才处于同样一种状态,没有太多的压力和烦恼,却有着无限的精力和激情。而离开学校后,因为生活、工作、人事、欲望等各方面的需求和压力,我们努力奋斗,甚至挣扎,在融入这个社会,取得一定业绩,获得一定认可的同时,也深深地陷入一种复杂与疲惫的境地。而在骑行中,一切都变得很简单,出发、坚持、到达,虽然累,但是很容易感受到从心底涌出的那种由衷的快乐。

入睡很晚,加上房子旁边就是冲江河。整个晚上,咆哮如雷的江水发出巨大的轰鸣声,简直就像是枕头边开着一台锅炉。睡眠质量着实有些差,一夜怪梦。

遇│见│风│景　遇│见│自│己

　　早餐后，老刘先行一步，因为担心速度会跟不上。我们在八点四十分离开，如同昨日。继续上坡，且行且停，隔5公里休整一次，我与小周配合默契。老刘的体力确实一般，很快就被我们超过了。

　　骑行在山谷间，一路伴着水声雷鸣，间或有大卡车呼啸而过。九点左右的山间，空气清新，微风还带着夜的凉意，头顶的天已经很蓝了，明晃晃的太阳光灿烂地照射在山谷的顶部，那高高架设在高处的电力塔，在阳光下绽放出耀眼的银光。

　　今天坡度明显比昨天陡，感觉倒更好些，至少我是这样。昨天那种长距离的似是平路或下坡而实质是上坡的路着实让人头痛。清晨，悠哉地行于空气清新的山谷，速度适当，心情格外惬意。

　　经过此行的第一条隧道——俄迪隧道，长300多米。在隧道口，虽然没到5公里的约定休整点，小周已经停下等着我了。"隧道还是一起过吧，安全一点。"他想得很周到，让我有些感动。我的车没有后灯，骑行在黑漆漆的隧道里确实很危险。商量了一下，决定我骑前面，小周骑后面。他的车安了尾灯，骑行帽后面还加了个一闪一闪的 LED 标识。隧道内骑车，安全确实很重要。

　　过完隧道，路面又开始陡起来。峡谷也越发深遂，山溪的轰鸣声慢慢变得温和，不久便只剩山谷中特有的宁静，除了偶尔有过往的汽车带来一些噪音，此时真可以用"寂静"来形容。天地间只听见从山林里传来的清脆鸟鸣，行于这样的路上，让人觉得神清气爽。

　　本来以为只有十来公里的上坡路程，可骑着骑着，觉得不对。计划的上行应该早就结束了，可还在不断地上坡，而且坡度越来越陡。途中，我们超过了两男一女，三个年轻人，看模样，有点像是邻家小孩。他们骑得很慢，郊游似的。超过这些小家伙，让我们心里更有底气了，虽然年纪大上一轮，精力不见得差呀。

　　停下休息时，姑娘小伙跟上来了。大家聊了一阵，小年轻们是昆明人，也是从丽江出发的。问到为啥来骑行时,回答很简单,说是想到这事就来了,跟家里打个招呼,打算骑到哪儿算哪儿。真是令人羡慕,人家进行的真是一场说走就走的旅行。而我和小周为了这次骑行,做了大半年的准备,单位请示,家里请求,业余锻炼……

骑到高处,顺着来路看去,蜿蜒的山道已经变成从远山盘旋而来的一条线。这线穿过山野,走过村庄,又顺着山脚的山坡弯曲直上,这就是我们一路的轨迹。向前望去,不远处有一个转弯的路口,记不清已经转过多少个这样的路口,也不知前方还有多少个路口在等着我们。蓝天之下,小周站在路中央,张开双臂,仰面朝天,一副非常自豪与虔诚的模样。看着他,我忽地也感觉到一种满足与感恩,能骑行在这样的路上,享受阳光与自由,真是一种莫大的幸福。

山路宛如飘带,转过庞大的山体,又扶摇直上

遇 见 风 景　　遇 见 自 己

能骑行在这样的路上，享受阳光与自由，真是一种莫大的幸福

　　行完约 21 公里后，在一个似乎是山口的地方，陡坡终于结束了。根据"攻略"，大概从这里开始，开始要蜿蜒前行了。完成这段上山路，人已经很累了，我一屁股坐在路边的土堆上。这时有一辆贵州牌照的车停下来，一对中年夫妇走下车，看见我们，很是热情。"哇，骑车呀，你们从哪来的，是到拉萨吧？""哦，我们昨天从丽江出发，准备到拉萨。""真厉害，吃点梨吧。"中年男人转身从车里拿来了梨。"谢谢，你这儿还有水吗？"我忙不迭地接过来，又厚着脸皮向他要了点水。虽说出发时也带了两瓶水，可路上总是不舍得喝，因为不知到什么地方才能补充到水。中年男子送来的梨和水，对又饥又渴的我们来说，真是解决了大问题。小车上又下来一对老人，原来他们是一家四口从贵州出发来自驾游的。老人看起来已经七十多岁了，能跟随儿子儿媳跑这么远路，真是身体好，又有福气呀！女人看见我们一口气将梨吃掉了，又递上来几个，一定要塞给我们。充满感激地收下这些热心人的礼物，感觉自己真是太幸运了。

　　当然，不是每个人都有这样的好运，老刘便是一个例子。

　　垭口海拔 3200 米，也不算太高。之所以加上双引号，是因为这并不是真的垭口,用"台阶"来形容似乎更合适,因为自此之后,我们就从低海拔踏上了高海拔区域。人感觉有点晕,不知是不是高原反应,估计是体力跟不上吧,又或许是那时又累又饿。脑袋晕乎乎中,努力提醒自己要握紧车把,千万别摔了。

上了海拔的高地风光不错,再次出发不久,就瞧见哈巴雪山遥遥耸立在远处。雪山多半被云遮着,但一点也不减山的雄伟气势。蓝天白云下,牧场农庄、乡村小舍,高原美景一一呈现在眼前。我最喜欢看远处山脊上一排排的树,在蓝天的映衬下,整齐排列的树干枝杈异常清晰,极具透视感。藏区的标志性建筑——白塔不断映入眼帘。在一个类似高山盆地的区域(后来才知道,这叫小中甸),大片的牧场忽地一下子铺展开来,成群的牦牛、马匹和羊群悠闲地在草场上觅食。停下车,坐在路边的石基上,太阳暖暖地晒在身上,眼前是悠然自在的高原风光。我好像闻到空气中散发着一种叫作"自由"的气息。

越是自在,越要出事。

费了好大劲,总算上了一个长坡,前面就是很爽很爽的长距离下坡。然而高兴了不到两百米,心情就180度转变,由兴奋成了郁闷。后轮又出状况了——爆胎!昨天出问题,今天又出问题,唉!遇到这种麻烦,整个人立马郁闷起来。修车吧!与昨日的仓促相比,今天倒是有了底气。按部就班,我甚至特意带了手套,以免搞得和昨天一样脏兮兮的。看了一下时间,然后着手换胎,一共用了21分钟。胎换好了,心里的不爽仍在。想想如果每天换胎,这非让人发疯不可。一趟滇藏线骑行下来,每天比别人要多做两件事,换胎、补胎,别说带的粘胶不够,就是这种情况下培养出一名高水平的补胎师傅,也不是件让人自豪的事情。

再次追上小周时,他已经乐悠悠地在闲坐喝茶,晒太阳,赏风景,几个藏族姑娘陪在一旁。姑娘挺漂亮,皮肤白皙,真想不明白这么高的高原上,这么强烈的阳光下,为何她们的肤色并不是想象中的黝黑。"小周,你真是太爽了!有没有水给我点?"水已经喝光了,我下车便要水。"哈哈,那是!你怎么才来,我都悠闲好一会儿

遇见风景 遇见自己

大片的红花草，火焰似的烧至远山脚下

了！"听小周的语气，似乎他就是这里的店主，此时，我的喉咙干渴得几乎要冒烟，除了羡慕他的舒适畅快，我还能说什么呢！

　　马路对面是大片大片的红花草，鲜红鲜红的，像一大片火焰一直燃烧到远处的山脚。藏族姑娘说这些红花是狼毒花。花连片开放，实在是太漂亮了。很多过往的车都停了下来，采风拍照。小周选择在这儿休息，真是把时间利用得太好了。我坐了一会儿，高原的阳光暖暖地晒在身上，人渐渐从疲倦和不快中舒缓过来。不快是因为连续两天爆胎，想不出为什么自己会这样倒霉，本来已经调整好的状态很受打击。

　　离香格里拉还有 23 公里，休息一阵后，我们告别美女，告别舒适，继续赶路。出发不久，就碰上了雷雨，开始是一滴一滴落在身上，马上变成大雨急速地泼下来。不过此时我们正巧挨着雨区的边缘，疾雨仿佛玩笑般，把人打湿后又随云飘走了。

小中甸的塔林

后来据老刘说，他刚好冲进了雨区，我们这儿的疾雨到他那里就演化成了冰雹，真是同路不同命呀！

老刘的运气不好，准确地说应该是很惨。他后来是这样告诉我们的："碰到雷雨前，我的水喝完了。但是旁边一个小店也没有。我就举着杯子，站在路边想要拦一辆车下来，看看能不能要到一点水。车倒是有，就是没一辆停下来。站了好一阵，我觉得没希望，干脆离开公路去附近的房子里面看看找不找得到水，可找了好些房子，一个人也没找到，也没找到水。实在没办法，我决定继续往前骑。结果后来就遇上了雷雨，唉……"

在香格里拉的城市标志下，正遇上几个身披红衣的喇嘛路过。他们很和气，见到我们，便微笑着点头示意。我忽然觉得很吉祥，和他们互道"扎西德勒"。沿着康珠大道进城，这座城市给我的感觉与以前来旅游时的印象大相径庭，也许是现在骑

遇见风景 遇见自己

车,而以前是乘坐大巴的缘故。骑车是一种旅行,在乎的是沿途的风光,是一种身处自然的方式。而乘车旅游,关注更多的是目的地,是一种点到为止的方式,因为速度太快,沿途的风景总是一闪而过。

小周的"桃花运"又爆发了。正在巷陌寻路间,有个穿冲锋衣的小姑娘问我们是不是骑行过来的,当然啦,手上都推着带行李的车呢。她给我们推荐了现在入住的这家商务酒店。50元的标间,带滚烫的热水,配有能上网的电脑、液晶电视,铺着地毯,还有独立卫生间,这个价格只提供给介绍来的骑车人士。我开始以为是小姑娘来拉客,心中还有些警觉,后来听说她也是骑行的,只是在爬白芒雪山时出现了严重的高原反应,不得已退回来,已经住了许多天。唉,碰到她真是太好了!洗着滚烫的热水澡,一天的疲惫消除了不少,这里与昨天的农家小店相比,真是天壤之别呀!

又是早上八点四十分出发,晚上六点三十分到,骑行77公里。明天决定休整一天,得把车送到车行去好好看看。从香格里拉到八一,千余公里的路程,一路上是没有修车点的,一切都要靠自己,希望明天能把车子所有毛病看好。

香格里拉的入城口

### 9月14日 香格里拉

# 香格里拉

20世纪初有一本畅销书,英国作家詹姆斯·希尔顿的长篇小说《消失的地平线》,曾风靡整个西方世界,创造出了人们心目中的天堂——香格里拉。

小说的情节很简单:20世纪30年代初,南亚次大陆某国发生战乱,英国领事康维、副领事马里森,美国人巴纳德和传教士布琳克罗小姐乘坐一架小型飞机撤离。飞行途中,飞机偏离了既定航线,坠落在喜马拉雅山脉由西向东偏北方向一个不知名的山谷。死里逃生的几个人就此展开了一场神秘之旅。在一位中国老人的引领下,他们翻越险峻高山,来到了一片宁静祥和的净土——蓝月谷。这里,雄伟的雪山俯瞰众生,雕梁画栋的寺庙耸立在高崖边缘。幽深的峡谷,森林环绕的碧绿湖泊,净如明镜的蔚蓝天空,金碧辉煌的藏传佛教庙宇,所有这些,都有着让人窒息的美丽……

书中有这样一段描述:

> 他估计这次飞行已经远远越过喜马拉雅西部的山峰并朝着那些昆仑山地区鲜为人知的高峰前进。以此推论,他们现在已经到了地球表面最高且最荒凉冷清的地带,也就是西藏高原……

> 突然,一种令人触目惊心的变化发生了,仿佛有什么更加神秘的暗示来回报他的好奇。原先被云朵掩藏的那一轮圆月又悬挂在影影绰绰的高地边缘上空,同时还半遮半掩地揭开前方那一片黑暗的幕帐。

> 康维眼前渐渐呈现出一条长长的山谷轮廓,两边绵亘着圆丘状起伏的,看上去令人愁郁忧伤的低矮山峰,黑黝黝的山色鲜明地映衬着瓷青

色的茫茫夜空。而他的视线被不可抗拒地引向山谷的正前方,就在那里凌空高耸着一座雄伟的山峰,在月光的朗照下闪烁出熠熠的辉光。

在他的心目中,这该是世界上最美丽,最可爱的山峰。它几乎是一个完美的冰雪之锥,简单的轮廓仿佛出自一个孩童的手笔,且无法估计出它有多大,多高,还有它离得到底有多近。它如此地光芒四射,如此地静谧安祥,以至于康维有那么一会儿甚至怀疑它到底是不是真实的存在。康维正对着山呆呆凝望的时候,一溜轻轻的云烟遮上这金字塔般的山峰边缘,表明这神奇景致的真实不虚,再有,那微弱的雪崩的隆隆响声更证实了这一点。

一幅极致静谧、充满神秘气息的画面,伴随着文字的展开,浮现在我们的眼前,这就是蓝月谷,作者笔下的世外桃源——香格里拉。这梦幻般的美景,我以为只有在梦中才能寻见,没想到在之后的骑行中,竟然也有幸得以一瞥。而在这样的美景面前,唯一能做的就是屏住呼吸。

今天,我们决定在香格里拉休整。当然,并非书中描写的那个香格里拉。此地原名中甸,大约十年前改为现名。据说"香格里拉"也经历了许多的考证和争取,激烈竞争后才最终成功"夺魁"。不得不说当地政府市场眼光独到,一个名字便将一块区域带上了发展的快车道。

这是我第二次来到这里。时隔几年,城市面貌发生了很大的变化。想想也属自然,如同当今中国所有的城市,这里尽管位于大山深处,但地区人均生产总值增长的力量依然强劲,尤其是更名成功后,旅游业爆炸式发展,整个城市的建设也如雨后春笋。后来到达拉萨,发现那里的发展和扩张势头更加迅猛。旅行时我更愿意看到那些古朴、原生态的景象,包括城镇、乡野、山水等,但随着经济发展,很多东西都在改变,城市变得千篇一律,乡野小镇如出一辙,稍微有点名气的山上,不伦不类地搭起亭台楼阁,更不用说不断上涨的高价门票。旅游景点,乃至国道的沿线,随着商业浪潮的涌入,原本朴实、厚道的人心也开始变得有些圆滑。不过,任何地方,尤其是这些原本经济并不发达的区域,借助旅游的发展,人们开始追寻富裕的生活,思想也越发活跃。对于这些,我没有权利指手画脚,只是感觉,环境的开发与保护,人心的善良与纯朴,文化的积淀与传承,在这种极快的商业化发展大潮中确实容易丢失。

独克宗古城大龟山脚下的藏房

在香格里拉市中心,有一座小山拔地而起,山顶建有飞檐翘角、金碧辉煌的殿宇,这就是独克宗古城——一座具有1300多年历史的古城,现今香格里拉县城的发源地,曾是滇藏茶马古道上的重要枢纽。此山名叫大龟山,并不算太高,但在一片广袤平地之上,还是显得有些气势。据考证,约公元676—679年,土蕃在山顶设立寨堡,依着山势,构建古城。传说当时的建城理念缘于有活佛在对面山头遥望,发现大龟山犹如莲花生大师坐在莲花

古城商业街,可能已毁于大火

上一般，故古城建设布局形似八瓣莲花，形成因势而变的空间。古城取名"独克宗"，藏语意为"建在石头上的城堡"，也可译为"月光城"。寨堡居高临下，易守难攻，该交通要道，也成为茶马互市中一个重要的货物集散地。时光飞逝，当初的寨堡早已消失不见，遗址之上已经新建起了寺庙、白塔和一个巨大的转经筒。只有山脚下的古道上，那些已经被磨得发亮的青石上留下的一些骡马的深深蹄印，诉说着当年寨堡的故事。

  昨天当我们沿着宽阔的康珠大道骑行进城时，就感受到了新城和古城截然不同的气息。大道右侧一溜烟是高大崭新的建筑，或是围起来的建筑工地，有政府大楼、公司办事处、宾馆酒店，最令人瞩目的是建设中的香格里拉大酒店。想想，这酒店坐落于此，还真有些实至名归的感觉。大道的左侧是古城区，转过弯钻进小巷子时，就见巷陌交通，门庭小院，一派古镇风光。道路刚刚重新铺过，用大块的石砖砌成，修旧如旧，略带古旧之感。古城中心——我指的是那小山周围的山脚下，原来的古城区域，已经完全变成了客栈、酒吧、饭店和特色商铺。新修的小道与原有的古道非常自然地连接在一块儿，林立于小道两旁的各色店铺，尚未褪色的原木似乎还散发着木头特有的香气。间或，可以看到道旁闪现雕梁画栋、精工细刻的门楼，或是高檐厚墙、大门紧闭的深宅大院，这都是些有历史的老房子。长长的街道都直通古城中心的四方街。行于街巷中，耳边没有大理、丽江那种游客摩肩接踵的喧闹，脚下踩的是历经千年风雨的石板，静谧间仿若可以听到那久远历史间一直回荡在这里的，往来于茶马古道上骡马驮队的铃铛声。

  只可惜骑行回来后没几个月，便听到香格里拉古城大火的噩耗。看着电视屏幕上肆意燃烧的大火，以及火后的黑色废墟，心中着实难过和担心。真心希望美丽的香格里拉能早日恢复，也希望其他古城能吸取教训，做好保护、开发和安全防范工作。

  清晨，早早醒来。金灿灿的阳光已经洒向山城，大街小巷依旧店门紧闭，人迹

遇 见 风 景　　遇 见 自 己

寥寥，整座城市还在睡梦中。我登上小山，不长的山阶上挂满了五彩经幡。早起的藏民和游客已经聚集在这里，我跟随大家迈进大殿，虔诚地祈祷，祈求保佑我们此行顺利，一路平安。在大殿下方不远的山坡上，立着一个黄灿灿的巨大的转经筒，数十名游客共同努力将经筒转动起来，我也加入他们的队列。随着经筒越转越快，大家发出欢快的笑声。站在山坡上，望着眼前楼宇鳞次栉比，连绵至远山的香格里拉城，我发现自己对这里并不了解。

以前，每每听别人谈到香格里拉时总会讲起泸沽湖，我还以为泸沽湖属于香格里拉的范围。这次，查了一下地图才知道，实际上泸沽湖位于丽江境内。大家总是异口同声地称赞泸沽湖的美，还有摩梭族特有的"走婚制"。来过丽江多次的我，却一次也没去成泸沽湖，看来，与"走婚"是绝然无缘了。说到湖泊的美，我想起上次来香格里拉时到过的普达措国家公园。

普达措，位于香格里拉县东部 20 多公里，号称是"三江并流"世界自然遗产中心地带的国家公园。三江是指金沙江（长江上游）、澜沧江（湄公河上游）和怒江（萨尔温江上游）。三条大江共同发源于青藏高原，浩浩荡荡，激流澎湃，途经 3000 多米深的峡谷和海拔 6000 多米高的冰山雪峰，彼此相距不远，却因高山阻隔，并不相交。从卫星地图上看，可以看出这片区域有几条紧紧相邻的山脉由北向南，纵贯而下，仿若是大地上的几道褶皱。

普达措公园，是一块非常典型的集高原森林、湖泊、草甸、湿地于一体的区域。高原上有一个很神奇的叫法，人们把大大小小的湖叫成"海"或"海子"。我们从遥远的东海之滨而来，而这里离海非常遥远，以前这里的人们也不大可能接触到海，可为什么会把湖称为"海子"呢？这个问题，我一直弄不明白。湖——海子，海的儿子，好像挺有逻辑。从地理演变来看，青藏高原本身就是在漫长的历史长河中，由大海变成陆地，最后抬升为高原。在藏传佛教里经常可以看到已经成为法器的海螺壳化石，在一些断崖上也可以看到一层沙一层鹅卵石的堆积层，这些都是历史演变留下的痕迹。只是不知从什么时候起，这儿的湖被人们称为"海子"，变成人们对大海的一种怀念。

初见碧塔海，便被一种天地和谐、静谧安宁的气氛所触动。那时我们应该是到达的第一批游客，没有喧闹，穿过一片已被秋意染得透黄的草地，一片如宝玉般的宽阔水域出现在眼前。天很蓝，略带寒意的高原天空非常透亮，视野里的那片湖水泛着青蓝，蓝得让人有点心颤。没有风，平静的湖面未见一丝波动，一座小栈桥由岸边延伸到湖心，一只小木舟停在离栈桥不远的水面上。桥、舟、湖，简直就是一幅令人陶醉的水彩画。光见这极美的湖，我就有些痴了。漫步在湖畔的栈道上，空气中弥漫着秋日草甸散发的特有气息，一种闲适和惬意的感觉油然而生。迈过一块宽阔的草地之后，要经过原始森林区域。树林很密，树木大多粗大挺拔，举目向林间深处望去，光线黯淡，密集而又没有规章的树木仿若随时可以将人吞噬。当踱出树林，回到湖边时，温暖而灿烂的阳光又重新照在身上，人一下子轻松许多。

遇见过碧塔海，却错过了松赞林寺。

从小山上下来，回到酒店。正碰到昨日推荐酒店的小姑娘出门，她说去松赞林寺，我想了想，没跟去，但在次日骑行经过时却悔之晚矣。因为没做过"攻略"，闻名遐迩的松赞林寺，就这样与我擦肩而过了。

松赞林寺，位于香格里拉城北 5 公里处，是云南省规模最大的藏传佛教寺院，也是川滇一带的黄教中心，有着举足轻重的地位，各地前来朝圣的信徒络绎不绝，香火极盛，被誉为"小布达拉宫"。该寺建于 1679 年，外形犹如一座古堡，寺内文物众多，有五世达赖、七世达赖时期的八尊包金释迦牟尼佛像，素有"藏族艺术博物馆"之称。传说寺址由达赖喇嘛占卜求神择定。松赞林寺原是本地区政教合一制度的最高机构所在地。

上午，我们在城内找到一个修车点。修车师傅居然是老乡，真是有缘。他一查，从轮胎上找出了一枚大钉子。原来，我这个"马大哈"，换胎时忘了一个环节——

站在山坡上，望着眼前鳞次栉比、连绵至远山的香格里拉城

修车师傅

拆内胎的时候,应该仔细检查胎的内部是否有异物。前两次换过胎后漏了检查,结果,尖尖的钉子就一直钉在上面。想想,也算是幸运,这么一大枚钉子,随着轮胎在地上转了不知多少圈,愣是花了一天时间才把内胎给弄破,幸亏发现及时,否则在接下来的行程中,我是有苦受了!这次也算"吃一堑长一智"。换过胎后,我又备了个新胎,再让师傅给车仔细做了一些检查,还好,整体状况不错,这下才放下心来。根据"攻略",从这里出发直到八一镇,再无修车点,一路全得靠自己。

　　天将黑的时候,在酒店二楼的房间门口,我见到了刚刚抵达的骑友——青岛老范和昆明老何。他们队伍中的其他人按计划都将在此休整,而老何明天则会跟我们一块儿继续行程,老范也有可能会跟上。没有想到,这次简单的见面,便开始了我们一路的合作。有时候生活就是如此,本以为是一次不经意的相遇,但就此人生中就多了许多值得记忆的东西,友情如此,爱情就更不用说啦。

　　香格里拉,我希望能再次踏上这片土地。

## 9月15日 奔子栏—书松村
### 爱在路上

清晨七点半,颇有些不舍地离开酒店。"攻略"上注明,全天骑行约110公里,其中下午从小镇奔子栏到书松村,是一段14至16公里上坡加6公里平坡的辛苦旅程。因此,特意早点出发,毅然决然地舍下"温室",回归风尘,踏上前往拉萨的旅途。

这几日的骑行,让我对云南的坡有了确切的认识。上坡是如川藏线般"变态"的长距离爬坡,而平坡则是无坡胜有坡,或是看起来是下坡,实质上努力地骑行过后回头一看却是一路的陡坡上行。我宁愿骑在较陡的坡上,这样每一脚都能带来海拔的上升。而这里的平坡,尤其是这些看起来缓缓的坡,简直让人无法忍受。

香格里拉城位于一个山间盆地,当我们爬过一个正在修建的陡坡时,好似从盆地爬出,再踏上一层台阶,眼前又是大片的山间平原。清晨的原野一片寂寥,寒意给这份寂寥平添了些许肃穆,空气中弥漫着安静和淡然的气息。远山轻雾低垂,农舍星星点点地散布于田野之上,早起的牦牛与马匹在晨雾轻笼的原野上"休闲散步"。路边一些穿着马甲,带着"长枪短炮",看起来专业范儿十足的摄友们已经支好了三角架,不知在等着什么美景。只是我等不及了,继续向前。

靠近纳帕海时,村庄开始多起来。田野上,晨起劳作的藏民,穿着各种色彩的服装,已经开始了田间的忙碌。金秋九月,是青稞成熟的季节,这个时节有我最爱看的金黄。每次乘车来到川西和滇北藏区,不用说那些美景,那车窗外一扫而过的漫山遍野的金黄就已经让我兴奋不已了。可惜今天时间尚早,晨曦中天色尚暗,青稞沾附着初秋早晨的露水,本应金黄的颜色并不亮丽。不过在这金秋的早晨,挥汗劳作的人们和这丰收的田野,伴着远处大片的湖水,已然是一幅极为生动的画面。

# G214.2013

路边，不时可以看到很大的木架，"椅子"一般矗立在田间地头。在进入小中甸后，一路上也能看到这些大椅子，心中总是疑惑这到底是什么。直到现在，才恍然大悟，这些"椅子"应该是用来晒牧草的，收割完籽料的青稞秆是上好的过冬草料，草料储存使用之前需要一段时间的晾晒风干，去除其中的水分。草料晾晒时，若放得太低，可能直接就被贪吃的牦牛给吃掉了，现在摆放在这么高大的木架子上，即便散发出再诱人的气息，对牦牛们而言，也只能是可望而不可及。在东北和内蒙古东部旅行的时候，看到人们直接把草料打包成大大的圆柱状的"滚筒"，放在田地里，远远看去，一个又一个"滚筒"散落在大地上，构成极富原野气息的丰收图。我的老家在江南，那里的方式又不一样，在收获的季节，除掉谷粒后的秸秆，会扎成一个个小人般的小垛，放在路边或是村里的操场上，摆成长长的一大片。真是各地有各地的方法。

骑过一段长长的高坡，视线便可以越过村庄田野，看见不远处的纳帕海。纳帕海属于普达措国家公园的范围，周边区域达600多平方公里。沿着"海子"的小山，依着靛蓝的湖水，柔柔地弯曲延伸，山水相融，直到云雾深处！景色之美让人不忍移步。

这次骑行，是在香格里拉到德钦一线发生地震后不久。高坡上，推车经过一段维修中的工地后，前面就是崭新的柏油路。一旁的筑路工人好心地提醒我们，前方地震不久，路虽已修复，还是不能太大意，要小心落石。

天渐渐亮了起来，云雾全部笼罩着峡谷一侧的山峰，只有斜坡上的一块露了出来。随着我们车轮的前移，云雾渐渐散去，整座青山便显现出来。葱郁的树林，蔚蓝的天空，在清晨的阳光下，一根根树干似一条条小小的清晰发亮的线段，跳跃在青山之上，分外抢眼。

骑行在崭新的公路上，呼吸着清晨透凉爽洁的空气，人和车都处于一种兴奋的状态。我忽然发现路边的路牌很有意思。G214.2013。想想，今年恰是2013年，而

遇│见│风│景　　遇│见│自│己

老路

新路

我们正骑行在国道214上,现在又到了2013公里处,真是好巧呀。2013,爱你一生,214,爱一世!在这段曾经是梦想的214国道上,找寻到2013的路牌,冥冥中这个时间、这段旅程像是命中注定的一种缘分!

从G214.2013到G214.2000,一路都是下坡,崭新的道路受刚刚过去的地震影响很小,只有部分路段有些小塌方。这一段路况极好且是下行,基本不用踩车。很

遇 见 风 景　遇 见 自 己

多路段可以看出筑路时的艰辛。路的两旁是用巨大钢丝网罩住的山坡岩体，鲜红的泥土和锋利的岩角就像是这庞大山体被束缚住的筋骨，充满着一种随时都可能爆发的野性力量。这路完全不是依着山势辟出平地修建的，而是把山岩剖开后强行辟出的一条路。骑行在这样的道路上，心中的感慨无以言表。向筑路工人致敬！

过了 G214.2000 不久，我正寻思着找 G214.1999 的标志，因为那是儿子出生的年份。在一个岔路口，方向显示直路通往某某景区，而岔路是沿一条旧公路到某某乡，后者是"攻略"上说的必经路段。我们稍作争执后拐上了岔路，尽管我觉得新路应该是正确的。老路的路况也不错，但是必须继续爬坡。好在这点坡度对我们来说没有太大的难度。

山体"开膛破肚"后的一条路

老路很安静,我们一直在山林间盘转。上升几公里后,我们又找到了一次老路G214.2013 的标志。从 G214.2014 开始下坡,起初没什么感觉,只是觉得下坡便不用费力气,而且可以享受。接着,就发现有些不对劲。也许是刚才上坡时并未骑得很吃力,没感觉爬上了多高的海拔,可现在我们是在不停地下坡,仿佛刚上了一座小山,便立马冲进了一个深渊,而且深不见底。一路的下坡,数不清的转弯,数不清的冲刺。过了高山,还有村舍,过了村舍,还有下山。无论你有多怀疑,总是有一个更低的地方在前方。这次的下坡,居然在不长的时间内海拔整整下了 1000 米。捏闸捏得手发麻发酸,一路有太多的急弯,海拔极速下降,让我对速度不敢放肆。这里受地震的影响较大,路面上不时有滚落下来的大小石块,只能小心地提防路上的落石,提防随时出现的拐弯,在感觉没完没了的下坡中安全下到最低处,心中竟有一丝庆幸。

路虽是老路,但风景绝佳。行至高处,拐过一道弯,在一个山坡较宽处,堆有几个玛尼堆,这应该是临时休息点。站在那儿,举目前望,视野豁然开阔,一层层巨大的山体,在眼前似一道道门打开。人在高处,一览众山。裸露的、粗犷的、夹杂着黄色、褐色的山,横向排列在眼前,气势非凡。看着这些巨大的色彩各异的因缺少植被而显得狂野的山体,有一种震撼在心中油然而生。在这里,我第一次想拥有一副 Google 眼镜,因为可以第一时间把自己看到的景象记录下来,分享出去。

这一路都是地震灾区,路面有不少滚落下来的石头,我们经过时还算安全。在老路 G214.1999 的下坡路段,经过一个受灾较严重的村子,我们在那稍作停留。村子不大,一些不牢靠的土房已经倒塌成碎土堆,一长串救灾帐篷搭在路边靠着悬崖的一侧,不远处停着一辆来送医送药的救护车。在这大山深处,几乎很难找到平地,山坡稍平、地方稍微空旷点的便是村庄,玉米等极少的庄稼便一小块一小块地附在山坡上。在这里,我向村民要了些开水,刚才的上山路已经快将我的储备水耗干。尽管受了灾,村民们还是很热情,让我进帐篷随意补充体力。他们看起来状态还算不错,孩子们毫无忧愁地在一旁玩耍。祝愿那些灾民能尽快恢复正常的生活。

回到新路后再前行了10多公里,便到达小镇奔子栏。遇到另外一群骑友,他们比我们晚两个小时出发,却比我们先到,这就是走老路所付出的时间代价。彼时已经骑行了90公里,时间到了下午3点多,到书松村还有16公里的上山行程。短暂商量后,我们决定用餐后再上山,为了缩减第二天的行程,大家决定共同努力一把。

奔子栏是地震灾区,在镇外靠公路比较宽阔的地方,搭建了许多救灾帐篷,蓝蓝的一大片。后来听追上来的骑友说,在我们离开奔子栏的第二天,那里又地震了。

出了小镇,开始爬山!还未行多远,两个年轻骑友在那儿拦车,他们见到我就说:"瞧,前面那座大山,就是你们要翻过去的。"言语间,不知道是庆幸,还是惋惜,但至少语气中透露出那座山似乎已经同他们没有关系了。山确实太大了,就如同一堵巨高无比的墙耸立在面前,我也没看清他们所指的到底是从哪边翻过去,山头上的路已经成了眼睛看不见的细线尽头。我只知道前方是约16公里的上坡。看着他们,心中有点疑问,滇藏骑行才开始,到现在我们还没有爬过一个真正的垭口,但如果在这里就受不了了,那如何继续下去?这两个年轻人的选择,我没法理解,既然来骑行滇藏,就应该做好爬坡的准备。边骑边想这个问题,我没有权利去指责别人,任何人都有做选择的权利,我还是努力地做好自己,也许在今后的骑行当中,也会因为困难选择搭车,但决不能在一开始就失去努力的信念。

上山是一个很顺利的过程,路程虽远,但没感到太吃力,当然辛苦和汗水是必须付出的,毕竟是爬坡。我们花了3个多小时完成了这段路程,应该算是很正常的一个速度,中间休息了好几次。

在进入金沙江大转弯观景点休整后,我最后一个出发,发现地上有一顶骑行帽。想到自己早上的遭遇——在一个路边工地食堂要水时,帽子落下了,骑了好一段路才发现,又跑回去找,就在找帽子的路上遇见昆明老何和青岛老范。想来必定是哪位"马大哈"骑友犯了与我同样的错误,遂将帽子拾起挂在把手上,晃晃悠

遇 见 风 景　　遇 见 自 己

悠骑上山。

　　骑行帽对骑友而言是必备的安全用品。曾经有一次，我以30公里的时速骑行，从主路拐到路边一个小岔路，那段小路是个陡坡，我刚刚转过弯，冲下去时，忽然发现路面上出现一截汽车减速带，心一慌，刹车一带，就感觉到前车轮已经碰到了减速带，后车轮腾空，人与车180度前滚翻似的翻落下来，头盔碰到地面，耳边传来头盔壳与水泥地面"嗞嗞……"的摩擦声，等到清醒时，人已坐在地上，远远地听到水瓶滑落下去的"咕咕"声，中间似乎有那么几秒钟失忆了。回想起来，若是那次没有戴头盔，后果真是难以想象。许多骑友出了意外，很大程度上与未戴帽骑行有关。

山如巨高无比的墙耸立在前面

遇│见│风│景　遇│见│自│己

到达山顶最高处，前方的队友在等着。一问，帽子是老何的，这位老兄骑了半天还未发现帽子没了，真是"马大哈"呀。一丢一捡，今天"帽子运"转了转，原来是同老何挂上了缘分。

晚上入住的是书松村骑行人家，10元住宿，25元晚餐加早餐，便宜实惠。旅店宽敞的院子里，种着几棵苹果树。几位先到的骑友正踩在凳子上摘苹果，一旁还有个老板模样的老头说着"随便摘，免费"。我也上前，从树枝上扯下几个拳头大的青皮苹果。青涩的果子咬在嘴里，脆脆的，带着些甘甜，一下子将一路的疲劳扫去不少。晚餐时喝掉了店里搜罗出来的仅有的两瓶啤酒。有人曾告诫过我们，上了高海拔地区，不宜饮酒，对身体不好，严重的话会引发不适。可实在累了，喝酒解乏，甘醇的酒水进入喉咙，和着骑友们的笑语闲谈，觉得真是太爽了，只可惜酒少了些。

住的房间墙壁上满是涂鸦，这一路过来均是如此。大多数涂鸦是给自己打气，也有一些发泄的话语，引起我注意的是某位骑友绘的格瓦拉头像，看落款是两个月

前画上去的。格瓦拉,这位颇具传奇色彩的革命家,是全球愤青心目中的标志性人物。同时,他确实称得上是骑行者的一个偶像,只是他骑的是摩托车——他曾经驾车环绕南美。多年前,我曾经看过根据他的书《摩托日记》创制的同名电影,记忆力并不好的我,对此却还有很深的印象:那快要褪得差不多的颜色,模糊的镜头以及很有颗粒感的胶片,放出来有纪录片的感觉。当时还是医生的年轻格瓦拉,通过摩托车旅行,见识了南美人民的困苦,逐渐对底层民众的福祉更为关注,直到几年后投身革命,并在革命成功之后舍弃高位,再次从事人民解放运动,最终献出生命。这种骑行,只能用"伟大"来形容。我们这一路骑行过来,也是一种修行,观的是景,考验的是自己,只因当初设定了一个目标,就努力去实现。在这个房间,看到格瓦拉的画像,我想,回去后我要好好读读《摩托日记》。

今日,老赵与我们分开了。拐到老路后,我们再也没有碰见过他。听小周说,可能是从奔子栏直接搭车赶往德钦了。其后,估计多次搭车,比我们早很多时间到达了拉萨。老赵离开,老何与老范却加入了我们的阵营,而且老范最终与我们一起到达拉萨。当然,这是后话。

写到这里,忽地很感慨。人生是一辆不停歇向前奔跑的列车,旅途中不断会有人上下。每个人都有自己的目标,自己的方向,同行,便是一段缘分。在路上骑行如此,在日常生活中更是如此。珍惜当下,珍惜与亲人、朋友共有的时光,才是应有的态度。

## 9月16日 白芒雪山
## 超级长坡

关于生活,有一句时髦话:痛并快乐着!对此,不同的时候有不同的理解,今天我就好好理解并领教了一番"痛"与"快乐"的滋味。

痛——骑行在遥遥不见尽头的山坡上,自己所能做的就是默默地踩着脚踏板,一步、两步、三步地向山顶靠近;快乐——经过漫长的挣扎,站在垭口的那一刹那,情绪纷纭的内心,霎时平静了下来,一瞬间"释然"了。因为有了最终的那份"快乐",一路上所有的"痛"都转化成了一种身体和精神上的磨砺,成了向更高目标挑战的积累。

白芒雪山,是横亘在香格里拉至德钦中间的一段横断山脉,主峰海拔5430米,终年积雪。我们行进的路线是,由海拔约2850米的书松村出发,上行约40公里到达海拔4300米的白芒雪山垭口,爬升约1450米,然后下坡3公里,再上坡4公里至海拔4350米的药王山垭口,紧接着下坡3.3公里,再上坡3.7公里攀上海拔4370米的148垭口(正式名称叫雅巴拉喀垭口)。

今天总的爬坡感受,可用这句话来描述:坡,长坡,令人愤怒到无法忍受的长坡,超级无敌大长坡!这是这次爬坡爬到最辛苦、满肚子愤恨时浮现在脑海中的话。骑行多年,从没有过这种体验。当年骑行川藏线时,攀过了几座海拔4000米以上的高山,基本都是上到垭口便可以放下一切,一路冲刺下坡,小部分会有些平坡,但没有这么大幅度的反复上下。在家乡的时候,我也经常骑车爬山。每次我都会在心里跟自己说"坚持,上到顶处,就是下坡,再辛苦也会马上得到回报"。所以上山的路长些,骑行辛苦一点,至少到了顶端就能下坡,就会得到辛苦后的回报。

凭着这样一个念想，不管多长的路，都能一步一步地挺到顶点。只是这次爬山，因为要连爬三个垭口，所以，当经过长时间体力上的折磨后，前面还有没完没了的爬升，让人有想哭的冲动。在爬坡的时候，有抱怨，有怀疑，有无奈，然后在极度的愤恨之余，还是继续埋头踩着脚踏板。体力消耗实在太大，接近第一个垭口时，尽管目的地就在前方，也不得不多次停下来休息，每一段路都变得很漫长。

昨天夜里在书松旅店用晚餐的时候，听老板说他曾经骑着老式二八自行车走过滇藏线的光辉往事，前方的白芒雪山被这个老骑友称为整条路最难翻越的一座山。很是敬佩这些早期进藏的驴友们，在路况无比恶劣的情况下，他们或是骑车或是骑摩托，或是徒步，或是搭车，无论何种方式，都是怀着一颗虔诚的心，去探寻西藏这块神秘之地。我们现在所走的这条214滇藏线，还有318川藏线，近几年由于国家的大量投入，以及沿途护路官兵的细心维护，路况已经有了很大的改善，至少这几天以来骑行的基本都是柏油路，即便是昨天骑行过的老路，也是水泥路面。受

回望来路，那一层一层直至消失在视野尽头的线条，便是让我们无奈却又充满诱惑的转山之路

遇 见 风 景　遇 见 自 己

地震影响，昨天在接近书松时，碰到山体塌方，整个路面都被掩埋了，但护路工人及时用推土机推出了一条小小的通道。那些前辈们所走的进藏公路则是另外一种完全难以想象的状态，那种"原生态"路面我后来在通麦天险遇到后，有了真实的感受，那与其说是行路，不如说是跳舞。若是天下过雨，在满是泥泞的路面上，连推行都是一种受罪。老板说着他们的二八自行车之旅，我在心里默默感叹，实在是"敬佩之意，如同滔滔江水……"

书松这个地方，是骑行白芒雪山途中的歇脚点，骑行滇藏线的人基本都会在这里歇脚，所以老板对来往的骑友如数家珍。每年都有各色人等骑行前往西藏，学生、老师、公务员、军人、公司职员、自由职业者，每个人都怀揣着自己的梦想，义无反顾地骑行上路。据老板说，骑行在滇藏线上的人之中，他接待过最年

地震导致的山体滑坡，这是用工程车临时推出来的一条路

长的是一位73岁的老教授，最年幼者是一位不到10岁的小男孩。年轻我是做不到了，只是不知到了70多岁的时候，是否还有这份激情与体能。老板眉飞色舞地摆着龙门阵，我四处瞟着这个厨房兼餐厅的大房子，就见身边泛黄的墙壁上，写着一句话："四个聋人到这里书松，老板对我们很客气！所以我们尊敬他！一定要成功！浙江杭州——西藏拉萨 2013.7.10。"看来是两个月前写上去的，于是问老板，老板说这些人不容易，他免费接待了他们。这是从我们邻近城市出发的队伍，算来应该已经完成了行程，心中在敬重他们的同时，也颇有惺惺相惜的味道。

　　清晨，早早地就离开了旅店，顺手摘下树上的三个苹果。早晨七点多的高山村落，清幽中带着一股山区特有的宁静。大多数人仍在梦中，天色昏暗，但已经能清晰地看见路面。未行多远，发现车子有点踩不动，停下车，低头一看，一条粗粗的铁丝缠在后轮上，铁丝已经深深地绕在飞轮上。这个障碍来得猝不及防，还好没给车子带来严重损伤。清理完故障后，沿着崭新的柏油路，前行约四五公里，前方传来消息，因山体塌方断了路，确认连自行车也无法扛过去后，只得退了回来，在离村子不远处拐上老路。唉，白骑了好几公里！

　　爬坡时，我骑在后面，按照自己的节奏不紧不慢地跟着。事实证明，这样的方式很好。队友会不时停下来休息等候，这让我很心安，至少不会因落在后面而感到心急火燎。上坡，上坡，不停地上坡，没完没了地上坡。当年爬折多山约上坡36公里，而这里到第一个垭口就已有40公里（也有一说是36公里左右），加上今天走错的路，这一次的上坡路程已经超过折多山了。

　　上坡的时候，我忽然想到，"转山"这个词应该也适合我们，骑着车，沿着公路，绕着数不清的山坡，不停地转呀转呀，转到山高处，转到云低处，转到让人无法忍受又必须继续的程度。藏民的转山是对神山的祈祷，我们的转山则是对意志的磨炼。行在路上，不适应不满意，也得继续也得努力。记得有一则对话，有人问一位登山爱好者："为什么喜欢登山？"回答是："因为山在那里。"这话对于骑友而言，应该

遇│见│风│暴　　遇│见│自│己

也是适用的。以骑行这种方式走上这条路，前方就是一座又一座的高山，不容回避，也没有选择。

　　山仍旧耸立前方！随着海拔一高，坡度一陡，我又找到了在四明山骑行的状态，感觉能适应，而且越到后面感觉越好。需要说明的是，感觉好并不等于体力好。只是一路上坡时的愤恨、抱怨、怀疑、无奈，此时都变成了麻木的坚持、行进、休息和继续，人如机械般行于路上。老何体力不错，和我骑行在前面。小周与老范一来有些体力不支，二来可能已经有了高反，他们的速度开始慢了下来，已经有很长一段路是在推车了。随着时间往后推移，我估计他们的体力已严重透支，进入"崩溃"期了，因为只要一有上坡，他们便开始推车。登上垭口，我和老何都会等待另两个伙伴，就算要耽搁一些时间，团队也应该保持一致。

　　在第二个垭口，我和老何把车停靠在路边。垭口左前方是大片的高山，深灰的云层有一大片倾了下来，这是高原区域下雨的预兆。高原的雨云总是变化很快，开始还是在我们这边下夹冰雹的小雨，很快就移到了那边。过了一会儿，雨有些消停，灰暗的云层下，一丝光线透过云缝，照射在前方山间一块布满高山草甸的山肩上。老何抽上一根烟，也递给我一根。淡淡的烟雾，在指间袅袅升起，我俩坐在路基上，看着这高原"一米阳光"，什么话也没说。

　　经过近10个小时的攀爬，我领头冲上了最后一个高点——148垭口。此时，也许已经熬过了疲劳期，整个人状态极好。顺着来路望着远山，眼泪忽地流下来，猛然间想放声大哭，周围有不少游客，但是我没觉得自己有多少难为情。虽然最终没有哭出来，但这激动的情绪真是无法自抑——我爬上来了！

| 遇 | 见 | 风 | 景 | 🚴 | 遇 | 见 | 自 | 己 |

从垭口下来，已经是傍晚六点四十分了，气温开始快速下降。我催促大家早些离开，否则天一黑会很不安全。下坡的路又急又陡，团队速度有了很好的控制，以"30+"的速度冲下去。29公里的长下坡，得不停地捏车闸，手很快发酸、变麻，需要不时停下来调整。我看着很快变黑的天，心中有些着急，祈祷能在天完全黑之前完成这段急下坡的路程。

安全到达山脚，这里已经靠近德钦。大家不约而同地在路边停了下来，远处，梅里雪山初现尊容。雪山，尽管只露出了一部分，但远远看去，冰雪的洁白在乌黑山体的映衬下，如冷月般，在灰色的天空下散发出带着寒意的美，恰似冷美人的肌肤，让人远观也有一种说不出的韵味。

进德钦的隧道还在施工，正处于关闭状态，这样，我们还需要爬4公里的山路才能抵达县城。看见山坡，小周和老范完全泄气了，他们没法骑行，只能落在后面推车前行。我和老何打前阵，我们俩的体力充沛，继续向前冲。在完成这4公里的上坡后，德钦县城近在"咫尺"了，但我们决定继续前行到飞来寺，那里离德钦又是8公里的距离（我当时听老何说是8公里，但后来查资料发现只有4公里，不是很明白，但从我们骑行的时间看，当时的路程远远不止4公里）。天黑，加上路况又不太熟，同小周和老范电话商量后，让他们搭车前往，而我们则开始夜骑。在一个加油站附近，有一个不知谁生起的火

路牌，来往旅行人的BBS

遇 | 见 | 风 | 景    遇 | 见 | 自 | 己

白芒雪山垭口，经幡与玛尼堆是垭口的典型标志

堆，我们俩干脆就着火堆停车休息，补充点食物。在这个已经寒气四溢的夜晚，这堆无名之火给了我们很大的帮助。热量从跳动的火苗隔空钻进已经有些疲乏的身体，暖意迅速在体内蔓延开来，我明显地感觉到体能在快速恢复。

经过县城时，整个城市灯火通明，呈半环状坐落在脚下的峡谷中。远远地可见山谷的对面，有一条橘黄色的光带，那便是我们要继续的行程。绕过城市，顺着公路，我们一环又一环地依着山坡在山间转弯，路的另一边是深不可测的山崖。黑暗中，唯有电筒照亮的路面和同伴的身影让自己感到安心。天很黑，夜间很难摸清距离到底有多远，只是遥遥地看着前方远处忽隐忽现的灯光，本以为是两三公里的距离，但往往骑过一个弯后，发现灯光又在另一个遥远的地方，然后又是一个弯。不知过了多少弯后，最终到达目的地，已经是晚上九点四十分。让我极为感动的是小周一直站在路边的旅店门口等着我们。

今天，我能顺利完成这颇具挑战性的行程，最重要的是自始至终保持着自己的节奏。控制好节奏，做好自己，才能发挥出最大的潜能。

## 9月17日　梅里雪山

# 月映银山

梅里雪山,藏传佛教四大神山之一,拥有众多海拔6000米以上的山峰,主峰卡瓦格博峰,当地藏民称为"雪山太子",因此梅里雪山又被人称为"太子十三峰",一个"霸气外露"的名字。不过,对于这个称谓,梅里雪山实至名归。作为神山,每年前来转山的藏民络绎不绝,逢藏历羊年,转经者更是增加百十倍。若是恰逢藏历年中六十年一轮回的"水羊年",梅里雪山转山朝拜将会是这一年中整个藏族地区最重要的事情。作为"太子峰",梅里雪山更是充满了神秘色彩。卡瓦格博峰宛如金字塔的山顶高高耸立于群峰之上,海拔6740米,只能远观而绝不可"亵玩"。有句老话叫"不能在太岁头上动土",在有记载的一百多年人类登山史中,14座海拔8000米以上的以及几十座海拔7000米以上的高山,已经先后为人类所征服,但卡瓦格博,这座海拔还不到7000米的山峰,至今无人能够登顶。充满神秘色彩的"太子十三峰"高耸于这片雪域高原,人们只能遥遥地顶礼膜拜。

飞来寺是一个沿着214国道修筑在峡谷高处狭长山坡地带的小镇。峡谷对面便是一字排开的梅里雪山。昨日我们连夜赶至飞来寺,就是想在这里欣赏梅里雪山的风采,如果运气够好的话,还能够一睹闻名遐迩的"日照金山"。

清晨大雾,整个峡谷都被浓雾所笼罩,别说日照金山,就连对面山的影子也见不着,哪怕那山与住处仅隔着一个峡谷。看来,这次运气的天平没有往我们这一侧倾斜,心中颇为失望。还好我们会在这儿休整一天,只有寄希望于明日早晨了。

早餐时要了一壶酥油茶,有甜与咸两种口味可以选择。我们选择了甜的,藏民一般喝咸的。茶装在一个大铜壶里,倒进杯中,呈现浅褐色。初尝一口,味太重,

峡谷中的小屋

有些厚实的感觉,整个口腔被一种油腻感充斥着。我说不太好喝,可其他几位却都说很爽口,也不知是真是假。但是喝着喝着,我倒觉着越喝越好喝,油腻味也慢慢感觉不到了,而其他几位却老早放下了杯子,在一旁闲聊。最后,整壶酥油茶被我喝了个底朝天,想来至少有一半多进了我的肚子,一股暖意顺着五经六脉溢满了全身。我一贯是慢热的性格,这次喝茶还真是性情所致呀。

闲着没事,发现旅店的广告上有到茨中教堂的信息。看到这个名字,有点熟悉的感觉,便想去看看。问了几位队友,无人响应,我不死心,便决定独自包车前往。

老板联系好车,还说可以打电话帮忙联系教堂的神父,可打了半天,对方不在线。等车的时候,老板讲起梅里雪山令人毛骨悚然的山难来。

遇　见　风　景　　遇　见　自　己

话说1991年1月，中日联合登山队17人，其中中方6人，日方11人，在攀登至梅里雪山三号营地，准备次日冲顶时，遭遇雪崩，全体遇难。军方出动了飞机前来搜寻，但因为大雪，救援登山队始终无法到达出事的三号营地。直到7年后的1998年，中日联合调查小组才在三号营地旧址找到了十具遗骸，但无一具完整。其后几年，陆陆续续在冰川中发现残肢断骸。

对于当地藏民而言，攀登梅里雪山是一件不能接受的事情，他们对登山者不只是不满，更是愤怒，登山的行为是对他们神圣信仰的不敬和践踏。前几年曾有人偷偷地想找向导和路径私自爬山，但不管开价多高，都没人愿意带路，而私自寻路上山的人也终无音信，再也无人见到过。如今，政府已出台禁令，以文化保护为名，严禁登山。

关于梅里雪山，有这样的记载：远在佛教尚未传入藏区的时代，卡瓦格博便是当地的苯教神山，其传说可以追溯到藏族传奇英雄格萨尔王时期。苯教是藏区的原始宗教，早在远古年代，对梅里雪山，对卡瓦格博的崇敬就已深入藏民的灵魂。在当地文化里，敬仰神山能够减少罪过增加功德，保佑家人及所有生命平安。

前往茨中的车一直在高山峡谷间穿行，来回路程200公里左右。出镇时正遇上几位也在休整的年轻骑友（小黑的团队，后来一路同行）要去县城，就将他们顺路捎上了。德钦县城是一个长条形区块，整体就坐落于国道下的山坡上。从半山腰的国道开始，县城一直向谷底延伸。汽车没有拐弯，沿着路直直地下坡，两边的建筑也直直地向下延展。下坡的路不知有多长，反正下到深处还有深处。山坡的上端大多是住宅区和商业区，下端是政府、医院、学校、体育场等公共机构所在地。沿着路一直下到谷底，地势才有些平坦和开阔。对我这种在江南出生长大的人而言，不得不叹服于这儿山体的庞大。一整座县城，全部依附于一个巨大的山坡，想来若是从空中俯瞰，这景象一定会令人叹为观止吧。

通过谷底的小桥越过不宽的河面，便到了峡谷的对面。这条看似不宽的河流就是鼎鼎大名的澜沧江。经历几公里的爬坡后，汽车又通过另一座桥折回到山的这一侧。

一路上山势威猛，但植被太少，仅在谷底靠近水源的一些地块有些绿色的植被和庄稼。两边山崖多是嶙峋的山石，难怪这儿一下雨，便容易发生泥石流。公路就像一条线，高高低低地刻画在崖壁上。道路一侧的山坡上是像随时可能滚落下来的山石，另一侧是险峻的深谷，浑黄的澜沧江水便在谷底呼啸奔流。前方路面不时出现尚未清除的因地震滑落的石块，而藏族司机似乎毫不在意地驾驶汽车飞速前行，坐在副驾驶座的我，只好一路提心吊胆。

行过一段路后，忽地发现对面陡峭的山崖壁上似有背包客在徒步。隔谷望去，人虽是一个小点，但背上的户外包颜色极其鲜明，很容易注意到。他们好像刚刚从峡谷壁缝中钻出来，来到临江的崖道上。一问司机，果真那是雨崩的徒步线路。临江的山崖都很贫瘠险峻，植被稀缺，呈土黄色。但越过这些山，往高处深处望去，却是略有云雾遮掩的高山绿林，山上树木葱郁，呈青绿色。车越向前行，越是如此，真是一山更比一山高，一山更比一山深。这些沿江的贫瘠山崖顶上，却是生机盎然的原始森林，真是非常奇妙的生态景观。雨崩徒步路线，在喜爱户外骑行的徒步圈内名声显赫，我只闻其名，未曾想到就在对面，不禁有些神往。

遇见风景 遇见自己

茨中教堂

  行了许久，总算到了茨中教堂所在地。在一处峡谷的开阔处，只见对面山势有些平缓，村庄与农田见缝插针似的占满了平缓的地块，一幢哥特式建筑显眼地跳入眼帘，一下子便标明了教堂的位置。虽说已经看得到，可要过去，还是一件较难的事情。司机眼尖，在路边一个不起眼的地方找到了下到谷底的通道，是一段呈五六十度的陡坡，从车上看过去颇为吓人，坡道上布满了尖尖的石块。到了下方，正要前行，可横切过河的路却被泥石流冲垮，只得原路返回，另寻一条临时开拓的陡峭土路，再通过一条窄长的桥方才到了对面。

遇见风景　遇见自己

　　茨中教堂不大,隐在小村当中。在村里行了一阵,转过一个农家小院落后,找到了教堂的大门。藏族司机说因为有宗教上的忌讳,信佛的藏民从不进教堂,他就不进去了。大门虚掩,推开门,是一个两层的木楼,底端构成一个小小的门廊,走过门廊,天主教堂便出现在眼前。砖石结构的房子,典型的哥特式建筑。教堂楼的前端立着两棵笔直的棕榈树,旗杆似的。这树似乎只有在南方才生长,没想到在这也能见到。主楼的门锁着,我只能推开一条缝。透过缝隙,可见里面非常整洁、亮丽,同外面的乡村是完全不同的样子。彩色的玻璃顶,摆放整齐的椅子,铺着红毯的走道,最前方是庄严肃穆的雕像。我在小院内试图找寻神父,进去参观,然而接待室空着,并没有人。小楼底下的一个房间还被辟成展览室,里面陈列着许多图片和介绍。从这里,我略知了教堂的来龙去脉。

　　18世纪中叶,西方天主教传教士进入迪庆等滇西北区域,在强大的藏传佛教势力中,建立教堂,发展信徒。1905年,佛教势力与天主教会发生剧烈冲突,史称维西教案,澜沧江、怒江沿岸的10所教堂被焚毁。当时清政府迫于西方国家压力,派重兵镇压。教会因此获得了巨额赔款,并在茨中约三分之二的土地上兴建教堂。这座教堂于1911年开始修建,主楼已有100多年的历史了。

　　从展览室出来,我在教堂门口找到了一份告示,上面写着事先联系神父,可以听他讲解,免费品尝地道的葡萄酒,心中悔之不已。唉,这就是旅店老板没联系上神父的结果,否则找着神父,待遇可就不一样啦,可惜!让我感到惊奇的是,这个处在深山僻壤的茨中乡,隐于高山峡谷,远离城镇,天主教信徒却占到了当地藏民人数的80%。虽然当初西方宗教势力是借助强权推行他们的信仰,但在如此长的时间内,经历战争和动乱,依旧能在藏族民众中站稳脚跟,发展出这么多的信众,并数代相传,也不得不令人佩服了。

　　回到居所,才五六点钟,太阳刚好在雪山顶上,阳光直射,让人无法面对雪山睁开眼。峡谷中的雾早已散去,卡瓦格博峰的冰川和海拔稍低一些的雪山清晰可见,

遇 | 见 | 风 | 景    遇 | 见 | 自 | 己

看山

只是峰顶仍不肯轻易露出面容。

晚餐后,我发现云渐渐淡去,皎洁的月光下,可以清晰地看见卡瓦格博峰的轮廓。此时,天空是极深的幽蓝,夜空中星光点点。夜色中,卡瓦格博峰的洁白似乎也染上了一层淡淡的蓝,这泛蓝的白在夜空中散发着一种不怒自威的气势。这让我忽然想到了《消失的地平线》中的蓝月亮,它应该就是这幅场景吧。峡谷中,白日的喧闹及阳光的热辣已完全被一股幽静祥和的气息所代替,那晨起时漫天的迷雾,那白日里"犹抱琵琶半遮面"一直掩在主峰之上不肯摘去的"面纱"如今都消失得无

遇 见 风 景    遇 见 自 己

月映银山

影无踪。卡瓦格博峰，如王者般坐落在一字排开的太子十三峰之间，大大方方地接受着众人的朝拜。虽隔了很远，但没有人说话，在这种境况下，除了屏息感叹大自然神秘而极致的美之外，还能做什么呢？为了能记录下这美丽的画面，我找到老范要来他的单反相机，沿路找了个好点的位置。拍出的相片有点模糊，但背景的蓝天和洁白的雪山基本可以分辨清楚。没有三角架，我趴在大石头上试了好多次，当主峰最终清楚地出现在相机取景框中时，那种欢欣和鼓舞是无法用言语形容的！

今天虽然无缘一见"日照金山"，但能一赏"月映银山"已经是莫大的荣幸了！

## 9月18日 盐井
### 今日进藏

一早告别飞来寺，仍无缘瞧见"日照金山"。尽管太阳早已将峡谷中的浓雾驱散，山腰的层林在阳光下呈现一片金色，可是云雾依旧笼罩着山顶，阳光下卡瓦格博峰仍不肯大方地向我们一展他的雄姿，留给我们的只有昨晚透过镜头欣赏到的那遥远、冷峻、神秘又不可触摸的尊容。不过，无论如何，没有看到雪山金顶的绚烂，但有机会欣赏到昨天的夜景，已经是上天对我此次行程最好的奖赏了。听后来者陈述，在我们离开后，云雾逐渐散去，卡瓦格博峰完全显现出来了。虽有遗憾，但这已与我们无关，留待下次的旅行吧。

飞车向前，百来公里的路程远没有想象中轻松。在直下29公里后，又进入平坡状态。平坡便是时上时下，没有太长距离的上坡，也不再有太长距离的下坡。就在这样不断起伏的过程中，我们穿越一个又一个村庄，一直沿着浑黄奔腾的澜沧江，逆流而上。

一路上都是峡谷地带，浑黄色和红褐色成为这里的主色调，没有太令人心动的风景。在佛山乡进行了身份证登记，有武警荷枪站岗，这意味着即将进入西藏地界。进藏，进藏，宛如号角般，一直在心里吹响。

出发前，我并未仔细研究过路线及攻略，这些工作都交给了队友小周。一直以为芒康是进藏的第一站，这还是当初川藏骑行时留下来的老观念。直到昨天在飞来寺闲聊时，才得知盐井是进藏的第一站，心中着实有些激动，这意味着历经辛苦，我们总算进入了西藏地界。

进藏的号角着实让我充满飞奔前行的动力，就盼着能够早点进入西藏。只是

| 遇 | 见 | 风 | 景 |　| 遇 | 见 | 自 | 己 |

这希望随着望不尽的峡谷，流不停的江水，踩不完的脚踏板，而慢慢淡了下去，心中所想的，是尽快到达目的地，以卸去一身的疲惫！在江水转过一道90度弯的地方，远远地瞧见队友们把车停在路边，站在路中央不知干些什么。

等我靠近的时候，一看这架势，他们居然是想摘果子吃。路边有一棵大大的野梨树，树荫遮盖了整块路面，靠河一边的树下，已经落了好多梨。这几位正在打树上梨子的主意。小周站在路中央，拿着石头往树上扔，老何更是爬上了路边的山坡，绕到树的侧面，找寻机会。抬头看去，树上的梨还有很多，只是太高，挺难打下来。爬上树去摘，看起来又很不现实。几个人绕着这棵梨树，忙了好一阵，黄澄澄的梨一簇簇地挂在树枝上，很是诱人，就是不肯下来，让人只能在树下光跳脚。最后还是小周技术好，几块石头扔上去，居然还真有几个梨被打落下来了，够我们四人分了。我们赶紧上去捡起，虽说河就在一旁，但也不方便取水，干脆随手擦擦，就啃了起来。新鲜的梨，咬上去有点生涩，但水分还不错。能在这么累的骑行过程中，停下来休息，而且有这新鲜的水果补充能量，真是太好了。

风雨同行的骑友

遇见风景 遇见自己

澜沧江

清晨上路

滇藏界

在路上的老何

这边才高兴，那边就遇麻烦了。吃完梨要出发的时候，不小心眼镜掉到地上，碎了一块镜片，这下麻烦了！为以防万一，这次骑行我带了两副眼镜，一副在过香格里拉不久就已经伤残，"腿"断了；现在这一副又坏了镜片，而且两副又没法拼凑起来，这以后的路上可怎么办呀?!

眼镜残了，我也就成了"独眼龙"。一时解决不了问题，干脆戴着这副破眼镜继续骑行。骑行近100公里后，方才在路边看到一小牌，写着"分界河"。不远处有个现代化的简易广告牌，写着"您已进入芒康路政养护区域"等字样。这就是云南和西藏的分界标志，这样的省界也太过寒酸，连人家的县界都比不上，至少也得来一个"欢迎您进入西藏"字样嘛！花了这么大功夫骑车入藏，居然只碰见这样一个路标，真是一点意思也没有！骑行川藏线，川藏的分界在金沙江大桥上，至少有"西藏界"三个大字；而骑行滇藏线，拿什么显摆，说自己骑到西藏界了呢?!

过界后再前行8公里，远远瞧见前方山坡上露出一片一片的现代化建筑，这就是今天的目的地——盐井！目标在前方，可望而难及，再一次经过磨人的"望山跑死马"的长距离爬坡后才终于抵达。

一位漂亮的瓜子脸、穿着帅气警服的女警查验了我们的身份证。

盐井，位于西藏、云南和四川三省交界的区域，是一个神奇的地方。首先，盐井周边的区域，无论是我们所经过的云南香格里拉、德钦，还是我们将前往的西藏芒康、左贡，以及与之相邻的四川巴塘，都是藏族居民聚居的地方，只有盐井，尽管属于西藏，却是纳西族居住的区域；其次，盐井是西藏区域内唯一有天主教堂及信徒的区域，如同云南德钦的茨中一样，只是这里的宗教更为复杂，天主教、藏传佛教还有东巴教和谐共存；第三，盐井是茶马古道上有名的产盐区，其产盐的历史可追溯到格萨尔王时期，盐井的古盐田位于山下澜沧江边，至今仍在使用，而澜沧江沿线也只有这里产盐。

盐，浪漫一点的说法是"阳光与风的作品"。盐井，保存着最原始、最古老的制盐方式。盐井产两种盐：一种白色，就叫白盐；一种红色，称为桃花盐。白盐供人们食用，产于澜沧江的东边，量少价高。桃花盐供牲畜食用，产于江的西边，量大价廉。盐田的盐来源于澜沧江边深井的卤水。据说最早的时候，是因为来往于茶马古道的骡马每每经过这里的时候，总会去舔江边的石头或江水，于是人们渐渐发现了这里产盐的秘密，开始了盐的采掘和制作。盐水井挖在江边，深近 10 米。盐民们依山搭起层层木架结构，气势雄伟，这就是盐田。每日清晨，勤劳的女人们（男人不参与盐的制作，但负责销售及其他事务）会背着圆柱形的木桶，将卤水从井里舀出，沿着崎岖的小道，背上一层层的盐田，将卤水倒入其中。盐水井的卤水经过多次挖舀后，水位会下降很多，而经过一夜的浇灌，第二天水位又会恢复到前一天的位置；经过太阳的暴晒和江风的吹拂，第二天，盐田里就会开始结晶出盐粒。每年 7 至 9 月属于澜沧江的洪水季节，也是盐民们能够稍作休息的日子。每到这时，人们会提前将卤水井封闭起来，汹涌的江水不光会将卤水井淹没，还会冲毁低处的盐田。洪水期一结束，人们重新打开封闭水井的门，恢复被冲毁的盐田。就这样，一代一代的盐民们辛苦劳作，世代传承盐的制法，享受自然赋予的财富，一直流传至今，创造出了这独特的自然人文景观。

  盐井自然保护区，就在路的一旁。我们没有过去，而是直接找休息的旅店，现在想来，颇有些遗憾。

  入住旅店时，碰上一位从拉萨方向骑来的"女汉子"。小姑娘个头不高，年纪不大，却让我们这帮大老爷们佩服得五体投地。她走川藏线由成都骑到拉萨，觉得没骑够再从滇藏线反骑出来，说是准备到云南好好玩一玩。这种胆识和气魄，让我们几人听着，真有点傻眼。我当即说道："小姑娘，太崇拜你了，今天邀请你共进晚餐，我买单。"骑行西藏是很多人心中的梦想，从丽江出发后，一路上遇见很多人，但正向骑行的人多，反向骑行的人少，大多数骑行的人都选择进藏路线，毕竟"攻略"成熟，能够很好地计划与分配体力、补充补给。虽说是同一条路线，但反骑的难度要大得多，主要还是"攻略"少，很难确定每日的行程，这就带来一系列食宿问题。并且反骑的朋友大多都是单人，极少是双人组队，真是不简单。

请客的地点是知名的加加面餐馆。在飞来寺休整时，旅店老板就大力推荐了一番，在佛山乡登记时值班的老兵又狠狠地吹了一把。最终产生的影响是，如果到了盐井，不到加加面餐馆好好品尝一番，就算没有来过这儿。因此，我们把车放下后，连盐井景区都没有放在眼里，就往加加面餐馆赶。

纳西族老太

餐馆不大，一座装饰漂亮的藏式平房，位于小镇临崖的路边。

这里虽然是藏区，但却是地地道道的纳西族聚居区，90%的居民是纳西族，尽管他们在服饰外观、生活习惯和方式上都已经藏化了。在旅店的门口我就碰上了一位穿着藏服的和蔼老太，一问，老太太果真是纳西族。当初格萨尔王与纳西王羌巴为争夺盐井发起"羌岭之战"，最后格萨尔王战胜，占领了盐井，活捉纳西王的儿子友拉。到吐蕃王朝后期，纳西王子友拉成了格萨尔王的纳西大臣，盐田给了他。也许从那时候起，纳西人就世世代代生活在了这片土地上，再没有离开过。所以盐井的正式名称又叫"盐井纳西民族乡"。

走进漂亮的藏式加加面馆，里面已经有一帮远道而来的自驾客吃得不亦乐乎了，老板娘和服务员在一旁忙碌着。此时的我们，坐在藏房里，屋外阳光正洒在峡谷坡地金黄的青稞地上，不用骑车，悠闲地坐在毛毡上，看着美女们忙前忙后，等着热呼呼的、美味的晚餐，感觉真是太好了。

盐井乡路边漂亮的藏式小楼　　　　　　　　远道而来的自驾车友已吃得不亦乐乎

　　所谓的加加面就是放一个空碗在面前，服务员来盛面，吃完一碗后，服务员马上又给加上一碗，直到吃不下为止。当然这碗是小碗，每次约加一勺，不算多也不能说少。一人20元，破纪录免单。而目前店里的记录是147次，据说是一位骑友创造的，真是难以置信。面很好吃，提供的辣椒、萝卜等开胃小碗菜也不错，只是规定汤水也要喝掉，这就让人有些为难了。开始还行，吃过几碗后，面倒是容易下口，汤水就不行了。吃一碗，就扔一块小石头放在眼前做记录，大家个个吃得浑身大汗。我使劲吃，最后也只有30块小石头，估摸多放了两三个，老范29块，小周22块，老何只有十几块，小姑娘没吃多少，最后由老何主动买了单。

　　加加面味道真的很不错，不光是面筋道，汤美味，开胃小菜爽脆，而且老板娘和服务员个个都是美女，可谓秀色亦可餐。

## 9月19日 盐井—芒康

# 干渴恐惧

今天的路线是从盐井出发，翻越海拔4300米的红拉山，到达芒康，正式从214国道转向318国道，并入川藏公路。

清晨七点多出发离开盐井时，天色尚未亮。行于路上时，中小学生们已经在马路上成群结队。小学生顺着下坡走，而稍大个子的中学生们则同我们一起上坡。显然，中学和小学分别建在路的两头。快出镇时，看见一幢漂亮的中学校舍建在路边的坡地上。门口有学生在扫地，学校里面琅琅的读书声早已传到了马路上。原以为只有内地的学生辛苦，西藏相对轻松，未曾想这里的孩子为了学习同样要起早摸黑。前行不远，有一块通往盐井教堂的指示牌，教堂似乎就在离主路不远处。骑行前，我就从杂志上看过有关盐井教堂的介绍，据说可以造访神父，聊聊当地的风土人情，品品地道的自酿葡萄酒。昨天奔向盐井时，我就希望能在路边见到教堂。没想到现在才看到，可赶路在即，也只好错过。离开小镇爬山不久，回头看见已成细流的澜沧江两侧，有一小块一小块褐色的东西，那就是盐井的盐田。

从盐井出发，上山路40多公里。对我们而言，强度不算太大，但也不简单。

难点有三：

一、水。最大的体会是"今天患上了干渴恐惧症"。上山时体力消耗很大，耗水量也增多，尤其是我。多年来，我徒步、爬山和骑行，尽管运动量不小，但因为爱美食，所以体重一直减不下来。脂肪一多，对水的需求量就大。这在宁波骑行时不成问题，山中处处可以找到甘甜的山泉，或者直接在路边的小店里补充矿泉水。而今天，水成了一个很大的问题，背包中有水，喉咙也没有干渴得不能忍受，但就是着了

遇见风景 遇见自己

魔似的，满脑子一直在想，水喝完后能不能及时得到补充，为了这个问题一路上可谓焦躁不安。事先从"攻略"上得知，山上小店极少，补给会比较困难。虽然事先备了三瓶水，但唯恐太少，毕竟是40公里的上坡呀。一路上，急寻店铺补充饮水。山上的山泉很多，水流倒是充沛。好些地方都有水管挂在路边的木架上，供过路的大货车冷却刹车系统使用。看着清亮亮的水从水管里流出，听着哗哗哗的水声，心里倍感难过。因为水在眼前，却不敢随便饮用，唯恐因为水土不服或水质问题而闹肚子。在一个休息处，向过路的自驾车要了两瓶水，方才初步解除了心理上的恐慌。后来爬到山高处时，遇见林业管理站，门口竖着块免费提供开水的牌子，这次补充好水，应该足够撑到垭口了，这才放下心来。

二、垭口。骑车爬山，实质就是转山，一个一个的山坡转过去。从盐井出来后，一直在转山，可这里的转山与其他地方似乎有所不同。山一层比一层高，在低处看见遥远高处的"垭口"，奋力骑到后，转过弯，居然又看到遥远高处还有"垭口"，再

崇山峻岭之间，稍平一点的坡地就被勤劳的人们种上了青稞

遇 见 风 景　　遇 见 自 己

|遇|见|风|景| |遇|见|自|己|

翻山越岭，看云海山浪

努力前行，到达后再转，然后看到前方高处仍是"垭口"，不骑行到最后，永远不知真正的垭口在何等高处。垭口是骑行者们的目标动力，只有骑到垭口，辛勤努力之后，才会得到上天的回报——不费力气的下坡，这些假垭口不仅仅意味着上坡骑行的继续，更多的是多次失望之后，动力开始消退，而体力也会随之匮乏。这正是"一鼓作气，再而衰，三而竭"的真实体验呀。

三、路况。上山的路况不错，结实平整的水泥路面，即便有小部分烂路，因为速度较慢也构不成什么问题。但下山的路则可以用"糟糕透顶"来形容。我们下山时，天色还早，但很多路段坑坑洼洼，而且是大片的连续烂路，很难避开。刚下山不久，我便遇到了麻烦。当时车速还不算太快，等到发现眼前忽然有个小坑时，一下子竟然没有反应过来，来不及刹车，前轮瞬间就冲进了小坑，心想"完蛋了"。还好车虽旧但前叉减震不错，没有翻车，只听见"吱嘎"一声，前轮挡泥板一下子就被猛弹上来的车轮给撞断了。这一吓,吓出了一身冷汗。如果车出了问题,那行程就得中断,因为这前后根本找不到修车的地方;若是人出了问题,那就得看伤势如何了,严重的话,就只能滚蛋回家了。还好,这次只是撞断了挡泥板,握着车把的手被震得发麻,急跳的心很快平静下来。后面的下山路上小心翼翼,仔细盯住前面的路况,唯恐再出问题。幸运的是,后面一切顺利。晚上用餐时,有消息传来,小黑的队友下山时摔了,车子摔出了问题,还好人没事。

整天的行程,风景极美。在垭口时,阳光灿烂,红拉雪山就在眼前一字排开,虽然因为云雾遮挡,未露出全貌,但雪山的风姿,倒是绰然于天地,圣洁而不可亵渎。垭口处的风很大,像其他垭口一样,这里也挂了很多经幡。写满经文的五彩经幡随风飘扬,猎猎作响。忽然感觉经幡悬挂组成的形状,像极了一位穿着彩色围裙的藏族姑娘。本是非常柔软的普通织物,此时迎风飘扬,充满了阳刚之力。眼前这位刚柔相济的"藏族姑娘",正托着哈达,在蓝天与高山之间迎着风,不停诵读经文,祈求上天护佑这片平静的雪域高原。

翻过垭口,景色与山那边迥然不同。下山不久,漫山遍野便是一派金秋的景象。如果上山时仅仅是感受到艳阳高照的话,在这里,阳光成了斑斓秋色世界的射灯。山那边以高山草甸为主,而这里则林木葱郁,黄绿相交。灿烂阳光透射之下,金黄与亮绿层叠交加,金色惹人注目,绿意则显露盎然生机。下至半山腰后,农田原野开始进入眼帘,秋日已经成熟的青稞地一片亮眼的金黄。红褐色的土地上,泛着蓝光的清澈溪水穿过田间地头,在一簇又一簇的绿树陪伴下欢畅流淌,白墙红檐的藏族屋舍,随意地散落在山坡、公路与田地边。

下午五时十分到达邦达乡毛尼村,骑行 70 余公里,前方离芒康尚有 40 余公里的平坡路。从盐井到达红拉雪山垭口,需要从海拔 2600 米升至 4300 米,直升 1700 米,上山耗费了不少体力,下山到毛尼村的烂路也让大家疲惫不堪。继续前行,还是就地住宿?我们这个四人团队产生了分歧。继续的话,必须一直骑到芒康,一路上再无旅店,以当前的状态估计难以支撑。同时,必定要走夜路,按目前的情况估计,要近3个小时才能到达。芒康区域,是一个"攻略"上注明不太安全的地区。争执后的结果,是老何独自前往,而我、小周和老范三人则到村里寻找旅店住下。

村子很小,只有一户家庭旅馆,规模很小,能够住下也不容易。单床已全部被定光了,他们是一支昆明骑行队,留给我们的只有一个大通铺,每人15元,三人睡一块儿,便宜倒是便宜,只是条件很差。稍晚些的时候,小黑的团队也在这里住下,不知藏族老板娘是如何给他们挤出了一块可供睡觉的地方。对我们这些选择骑行的旅者而言,有一间遮风挡雨的屋子,有一张可以睡觉的床,就可以了。

今天是中秋佳节,本来应该好好庆祝庆祝,可惜没有口福,毛尼村确实偏僻,只能在村口小店找些零食,也没有一个正经的饭店能炒上几个好菜。

决定住下,走进藏族家庭旅店的时候,看见老板娘家有放养的鸡,眼睛顿时瞪大了。一路上早就想着晚上一定要大开洋荤,弄几个好菜吃吃。这下看到鸡,心中小算盘已经打定了。心想,高原农村的放养鸡,原滋原味原生态,那味道会是多么的鲜美。以往每次同朋友去户外爬山露营,最为开心的一件事就是到村里吃鸡,正宗的绿色食品,正儿八经的美味佳肴。忙问正在"工作"的老板娘(她一直把干活说成"工作"):"老板娘,卖一只鸡给我们吧,当作晚餐好了。"我指着地上正闲庭信步的鸡,口水真是一个劲地流呀,心想你现在还昂首挺胸,过一会儿就是我们的肚中美味了。让人意外的是,老板娘居然用生硬的汉语回答:"不行的,不行的,这是用来敬菩萨的,我们不杀生,不杀生。"一边说,一边一个劲地摆手。我连问了好

停车开会

停车休息

几句,都是这个回答。唉,老板娘只是摆摆手,可能也觉得有点过意不去,还小声说:"给你们的通铺从15元降到10元好了,你们可别跟那些人说。"最后,我们只能在一旁所谓"饭店"的小店炒了几个连肉末都难觅踪迹的菜,不过还好,在小店采购到了些零食和啤酒,算是庆祝了这个中秋佳节。

吃过晚餐,微信上早有宁波的朋友将月亮的照片发上来,说是今天的月亮特别亮。月到中秋,明月照千里!看到微信时,这里天色未暗,毕竟两地相隔数千公里,距离太过遥远。晚上九点,步出旅店,行于这个被我称为"仅有四个路灯的街区"。小村很小,仅有的几盏路灯发出不是太亮的光芒。这里靠着国道,有好几家小店位于道路两旁,不少藏民在小店内打台球,也许这就是他们仅有的夜生活吧。

明月正渐渐跃出薄云,照射着这个离家遥远的小村落。漆黑的高原之夜,中秋的月亮分外明亮。还记得四年前的川藏之行,我们在新都桥迎来了中秋的月亮。

同是中秋,同在骑行,同处藏区。"今人不见古时月,今月曾经照古人。"沐浴在同一片月光之下,时光如流水般逝去,不必提这青藏高原由大海崛起为世界屋脊的历史沧桑,就在四年前,我、老火、信封三人的川藏之旅也已然成了往事,时间的脚步催促着我们不断向前,把握住当下,让这次圆梦之旅能一了当初的遗憾。

中秋佳节,明月千里寄相思。骑行在外,连日奔波,倍感家之安宁与幸福,只能遥祝家人平安。晚上九点,老何来电告知已安全到达芒康。自此,我们四人骑行队开始变成了三人团。

## 9月20日 小新都桥

# 小新都桥

早晨六点，天仍昏暗。

昨晚睡眠很差，三个大男人挤在大通铺上，呼噜声相和，彼此均未睡踏实。辗转反侧于床上，耳朵里不时可以听见上方楼板上传来的"哒哒哒"的声音，那是老鼠在"轻步快跑"。路线基本固定——沿着房间的对角线，从一角跑到另一角。听着听着，我就在想，这到底有多少只老鼠，为什么总是跑个不停，隔一会儿就来一趟，会不会跑到我们床上来，如果会的话，那就太不可思议啦！说实话，躺在床上，听着这楼上的"跑步声"，总是盼望着能早点天亮，能快些离开。

不仅仅是"老鼠快跑"，还有"夜半惊叫"。夜半时分，听着"哒哒哒"的"音乐"，迷迷糊糊正进入半睡半醒的状态时，忽然传来一声女子的惊叫，我们几人一下子就给吓醒了。声音很近，然后又听到一片低低的安慰声。睡在我们隔墙外屋的是昆明骑行队的骑友，也就是说昨天把单人床全抢光的有后勤车的"高大上"队伍。虽说隔着墙，实际上就隔着一块薄薄的木板，他们睡在外屋，而我们的通铺设在屋子的最里面。唯一的女骑友应该是受到了特殊照顾，被安排在屋子的最里面，也就是紧靠着隔板。这个位置，估计我们的臭脚味早就透过隔板传了过去。臭味能传，响亮的"呼噜奏鸣曲"就更加拦不住了。因为白天体力消耗太大，再加上昨晚为了庆祝中秋我们喝了一些啤酒，这一晚上的呼噜声之响就可想而知了。想来女子的这一声惊叫，是因为被我们的呼噜吵得无法入眠，实在无法忍受才爆发的。本来我的呼噜就名声在外，一听到别人的惊叫，心中顿时愧疚不已。清晨我走出内屋的时候，看见那个床是空的，估计小姑娘被逼到后勤车里去睡了，不禁感慨有后勤车真是不

遇 见 风 景　🚲　遇 见 自 己

清晨的田园

一样呀!

　　推车出门，天色仍未大亮。朦朦胧胧的乡村公路上，空气中传来丝丝凉意，闻着这清新的气息，可比昨天晚上大通铺的味道好多了。一路前行，已有农夫出门干活。看来这一点，全中国都是一样的，辛勤劳作的人们不分民族。

　　随着天色渐亮，景色开始丰富起来。阳光洒落在农家院舍、青稞田地、绿树和山脊的草甸子上。迷糊的头脑渐渐在透凉的空气中清醒过来，晨曦中的美景散发出一种特有的清新与生机，我们三人不时驻足拍摄。冲过一段下坡之后，看见远方的山腰，乳白色的轻雾正悬浮于田埂上，半笼着屋舍和山坡，轻纱似的。阳光由山顶直射而下，强烈的光线照射范围内，山影绰约，树影依稀，而其余的一切便被山腰的这层雾纱所笼罩,让人不禁称奇。一路风光旖旎,颇有些新都桥的味道。如果说新都桥是摄影胜地的"上有天堂",那么这里至少称得上是"下有苏杭",我称其为"小新都桥"。小黑的团队在我们出发一两个小时后出发,路过此路段时,他们也被美景深深吸引,驻足不已。

芒康地处三省交界,治安形势较为紧张。这里的警察管理得更为严格,进入芒康登记时我们还比较顺利,而旁边有一个从山坡上步行下来的人被仔细盘问了半天。这个不大的县城果真如骑友描述的那样,几乎每个路口都设有岗亭。进城后,我一路打量,想在这里寻找眼镜店,但找了半天,也问了半天,有人说有,有人说无,最终未寻到眼镜店。真是有些失望。想想这儿毕竟是西藏,而且是西藏很偏僻的一隅,也就释然了。邮局里有一些骑友在那儿盖戳寄明信片,我也寄了几张,价钱还不便宜,10元一张,回家后问起,竟无人收到,唉!

午餐时,小周和小黑想办法粘好了我的眼镜腿,虽然粗糙些,但很实用,非常感谢他们。见到了昨夜下山时摔伤的小黑队友,他腿部裂了一个长长的口子,估计伤到了骨头,需要拍片,他只能在芒康待一天,看情况再决定是否继续行程。这件事再次提醒我们,出门在外,安全是重中之重。

饭后继续前行,在一个巨大的三角牌下拐进了318国道。自此,我们告别了214国道,正式与川藏线会合。

光影清晨

　　出城不久有个9公里的上坡,路况很好。只是中餐吃得太饱,而且喝了些啤酒,吃饱喝足后整个人却不在状态,无力爬山,几乎每过一两公里就要休息一次。待登上拉乌山垭口,回望来路,不禁感慨,崭新平整的沥青公路,仿佛一条黝黑的飘带,弯曲回旋地缠绕在大山间。路的回旋实在太大,小黑的团队居然直接推车抄近道上来。山顶是大片的草场,毛茸茸黄灿灿的牧草像厚绒毯似的盖在大地上。只可惜,上山时还灿烂的艳阳,这时已经被层层乌云密密遮住,阴沉的天空隐隐下起了细雨,一股寒意立马袭了过来。不敢在山上待太久,匆匆看过几眼后,飞身上车,穿过这片垭口的草场。

　　刚下山不久,金色的阳光便洒落下来,暖暖地洒在身上,将刚才在垭口时的寒冷一扫而光。极目远眺,数不清的山峦顺着眼前舒展开的山体向四周绵延,用"波澜壮阔"形容一点也不为过。层层群峰就好似被固定住的海浪,如果时间放开缰绳,

滇藏线与川藏线交界处

眼前便是汹涌的山海奔腾。只是此时，一切定格在一瞬间，唯有用自己的想象，将画面延伸。在这壮观的山海图前，我真切地感受到来自心灵的震撼。若将时间回放到亿万年前，剧烈的地质运动将海洋抬升为高原大山。在这种沧桑变化的历史长河里，人类是多么渺小。如今这里的山峦绿意盎然，黝黑的国道在草场与山林间如蛇行般恣意穿行，远处成群的羊散落于山坡的草场上，肥嘟嘟的身躯化成黄毯上的一片片白云。我沉醉于这里的风景，久久不愿离开。

　　下山风景好，然路陡且弯道极多。在香格里拉到奔子栏的路上，有一段是直下海拔1000余米的山路，让我大开眼界，握着车把，一路感觉下个不停。而这里，由山顶至山底，直下海拔1700米！下过山腰还是山腰，下过村庄仍有村庄，似无止境。山顶寒风兮兮，山底暖风依依。下山途中，有"川藏钢铁汽车团"驶过，一长串军车，如同铁流般一辆接一辆向山顶不紧不慢地驶去。真是佩服这些长年累月奔走于此

山坡上布满了肥羊

的汽车兵,为了国防事业付出了太多!

  许是川藏线、滇藏线在此合并的缘故,出芒康城后一路遇见许多徒步的驴友。所谓徒步,其实是步行加搭车,且以后者为主,实实在在纯粹靠双脚步行的少之又少。现在网上有很多关于徒步搭车旅行的话题,似乎已经成了一种潮流,但说起来容易做起来难,其间有不少困难与风险。在飞来寺,有许多驴友在路边搭车,214线的司机较好,一群一群的驴友在路边,不多久就被拉走了。而今日到了318线,情况则完全不一样。也许是因为川藏线搭车的人太多,能成功搭上车已经不像其他地方那样容易。想想也是,偶尔遇见有人在路边请求搭车,顺路带上是很正常的

芒康街头

山海

下山途中(一)

下山途中(二)

遇见风景　遇见自己

事情，但当一群又一群的人在路边拦车，变成一种风气的时候，开始拒绝也成了很正常的事。搭车要看运气，根据我们一路上的目测统计，女游客似乎更容易搭上车。

在拉乌山垭口前休息时，有徒步的朋友坐在一旁，一聊始知搭车之难。他准备再搭不到车就走回头路了，也不知是不是气话。不过，我总觉得，搭车旅行确实是一种方式，但如果将旅行的希望全寄托在搭车上，这到底是为了省钱，还是为了以后向人吹嘘呢？毕竟，这一路上公交还是比较方便的。随着进藏旅游的走红，治安也成了人们关注的问题，这里，再次建议预备徒步的驴友们慎重行事。

下午很早便到了住宿地竹卡。竹卡，位于一条"之"字形公路在峡谷的底端，两边有一些旅舍。这儿算不上小镇，几乎就是一个供路人临时驻足之地。

老范把房间定好，我的客房在二楼，一开窗，发现马路对面是一块坟地，本来感觉有些晦气，可看见十来个水泥堆砌的圆圆的坟茔，中间立着一块高高的灰色尖碑，便知道这里是当年筑路牺牲者的休眠地。一路行来，颇为感慨此地修路的不易，更敬佩当年筑路者的勇气与奉献。无法祭奠这些先行者，只能在心中默默道声感谢。

这晚没有去换房，一夜睡得很沉很好。

骑上海拔4376米的拉乌山

## 9月21日 觉巴山
## 伤痛困扰

出来混,迟早是要还的。这是一句"江湖话",对于今天的我,也一样适用。

也许昨天从海拔4376米的拉乌山垭口往下冲到海拔2640米的如美镇竹卡村,享受直下1700米的痛快之时,就注定了今天的伤痛。此痛非彼痛,真是感受的两种极致。

在路上,会发生很多问题,意料中的,意料外的,伤痛算是意料中的一种。清晨出发不久,之前一直担心的膝伤终于开始发作,踩着踏板,稍一用力,就会感觉膝盖一阵痛感。疼痛难忍的膝盖,给骑行蒙上了一层阴影。没有办法,没有时间停下来休整,也没有痛到迈不开腿的地步,硬着头皮扛吧。

从海拔2640米的竹卡到海拔3930米的觉巴山,要上升近1300米,骑行28公里。如果算上后面下至海拔3440米的邓巴,然后再攀至海拔4100米的荣许兵站,又是600多米的上升,14公里的路程。一天内要爬升约1900米海拔,这带伤的膝盖该如何才能挺过去呢?

翻越觉巴山可分为竹卡村至觉巴村、觉巴村至垭口两个阶段。

竹卡村至觉巴村,抬眼望去,周围全是贫瘠陡峭的山体,公路是硬生生地从山体上抠出来的一条线,崎岖地向前攀延。这块区域似乎是被世界遗忘的一个角落,寸草不生,几乎可以说一星半点绿色也没有,裸露的岩石风化得很厉害,用"惨淡"来形容也不为过。不远的山下是浑黄的澜沧江水,赫赫有名的澜沧江此时就是这一连串贫瘠山脉下的一条水沟。公路是这里唯一存有生机的地方。

出发的时候,我的状态不错,一路爬坡基本领先。行了七八公里后,很快就感觉膝盖疼痛，没法太用力。转过山坡，小周与老范已经跑在前面看不见人影了。我放慢速度，尽力使膝盖好受些。

不久经过"教授招待所"，这是竹卡区域仅有的几个休息点之一，很简易，就是路边紧挨着山体凹陷处搭了一长溜小平房，挂了个这样文绉绉的名称。前行约一公里后，碰到一对背着大户外包的徒步青年男女。我停下来询问他俩是否有云南白药（我们的药都放在小周包里）。小伙子很爽快地卸下包，翻了半天，找出一瓶没开封过的云南白药，递过来，说送给我。接过药，我的心中充满感激之情。喷过药后，膝盖立马感觉好多了。谢过小伙后，我坚持把药还给了他们，毕竟在路上，说不定啥时他们也会用上。女生的状态看起来不是很好，捂着肚子，一脸苍白，看情况无法继续前行。他们想搭车，但一直都拦不到。车是有，但愿意带人的不多。我帮

**军车迎面驶过**

遇见风景 遇见自己

翻越觉巴山，经历贫瘠与荒芜

另一边的葱郁与盎然

遇 见 风 景　　遇 见 自 己

助拦下了一辆空载的杭州牌照车子。司机挺好，但解释车轮有问题，没法带客，也只能作罢。小伙子想再等等，如果实在不行了，就下行回到"教授招待所"。我看看也帮不上忙，时间还早，应该出不了什么大问题，再次谢过他俩后就上路了。

此时，膝盖已经没有太强的痛感，我便加快了速度。骑行中，想起昨天在拉乌山垭口时小周问我的话，他说如果在这边开车的话会不会带上那些徒步驴友。我当时一口回绝，理由是安全问题。这一路上，我自己已经接受了不少人的帮助，路过的自驾客、骑行的朋友、徒步旅行的陌生人，还有住宿用餐时遇到的其他人。在这远离城市的大山里面，很多时候，人与人的关系简单而又亲和。久居城市，我们已经给自己的心灵加上一层厚厚的壳，处处以防范的心理待人接物。未曾想到，久而久之，这种防范意识已经慢慢渗透了我们的思想，腐蚀着我们与生俱来的谦诚、友爱、互助等品性，而待在壳中的我们对此已经习以为常。这确实需要警醒和反思，我们应该学会打开心灵，卸下厚厚的壳，回归真诚和坦荡。其实在真心帮助别人的同时，我们也在帮助自己得到快乐。

继续前行，路边都是些看起来十分不稳定的巨大山岩，仿佛就是一层层碎石堆成的高山。路边树立着很多"小心落石，谨慎通过"的告示牌，路面上也不时可以看见或大或小的石块。看来，此地落石已是常态，让人不由心里有些紧张。我也遇到过正在下落的小石块，行过的时候，就听见沙沙的声响，然后碎石便滑落下来，还好不是从半空中砸下来。骑行在这样的路上，头上的骑行帽成了工地必备的安全帽，心中暗自祈祷安全与运气。

觉巴村至垭口，与前一段的风景截然不同！拐过一道似乎满是碎石的岩壁，便望见远处横亘着一块巨大的绿色山体。山上郁郁葱葱，林木茂密，一条呈阶梯状的公路穿行在高高的山体之上，每一层之间都有很大的相隔，然后在遥远的地方相连，最高的一层公路被云雾所遮掩。我想，等我爬到最上层的公路时，云雾应该早已散去了吧。

公路上的牛群

觉巴山垭口

公路

遇 见 风 景　　遇 见 自 己

　　这块青绿色的大山，与刚经过的山岩仅仅"一步之遥"，却似乎是两个遥远的星球，一个支离破碎，尘石相依，另一个却是绿意盎然，充满生机。

　　在青山与石山相接之处，山体内凹，有一块平缓的山谷，出现了村庄、绿树和山溪，这就是觉巴村。如同诸多山区的藏族村寨一样，觉巴村的房子沿着山岙，错落而有层次地布满了山谷。村口沿着公路的地方，有一些水管接引着山水排放在公路的一侧。饮用了甘甜的山泉后，到盐井时，与老何谈到喝水的问题，他说他就是一路喝过来的，山泉无污染，比矿泉水要好得多。很快驶过村口，开始第二阶段的爬山。

　　山体实在是太过巨大了，我努力不去想前方的山路还有多远，只是按照自己的速度慢慢地向前骑。如果不是这样，总想着上面还有好几层，那不崩溃才怪呢。阶梯公路长的有近两公里，短的也有一公里。在第一层和第二层的相接处，由于山势实在太陡，又添加了一连串小型的"之"字路。沿着这几层公路一层一层爬，真跟爬楼梯有得一拼，只是这里的楼梯太大了。爬到高处最后一层公路时，果然云雾早已散去，站在海拔3930米的觉巴山垭口，可遥见昨日下来时的拉乌山。昨日我看那波澜壮阔的"山海"时，真的未曾想到，今日的我，就在这重重的波浪中，就像这浪里的一条鱼，而且是逆流而上的鱼，在觉巴山这波"大浪"之中，在这川藏高原上"逆流而上"！两山之间直线距离并不算太遥远，可一下一上花了我们两天时间，如果两个垭口之间有一条长长的缆车，可省去多少汗水呀！

　　下午的14公里骑行继上午的28公里爬坡之后。下到登巴村不久便沿着一条清澈甘洌的山溪而上。山溪水流很急，溪边草木茂盛。观景的心情不是太多，因为还有很长的爬坡路在前方。不经意间，骑行的队伍一下子壮大起来。一行二十多个骑友踩着点似的，不约而同地聚集在这个时间开始爬山。大家都骑着车，但看不出坡度的缓坡把所有人的速度都压了下来，很怪异的一个场景，就像一种慢速自行车赛。没多久出现了陡坡，又把大家的距离拉开了。我们这一组似乎还可以，基本遇｜见｜风｜景  遇｜见｜自｜己

雨中修车

处于前列。14公里，说长不长，说短也不短，越到后面越骑不动。

　　小周速度很快，白芒雪山的阴影早就不见踪影。早上骑行觉巴山28公里路，他领先我近一个小时抵达垭口，按他的说法，是"爆发了"！他现在的想法，不是骑到目的地，而是要盯着最前面的人，抢先到，说是为了能给我们三人团队订到最好的房间和大餐。不过，他也确实"爆发"了，因为我慢悠悠地骑着，经过一片风景不错的溪坑不久，便见到小周和老范两人在修车，呵呵，小周的车胎"爆发"了。此时刚刚下过雨，车胎坏得有点不是时候，还好问题不大。

　　快换好胎时，雨停了，蓝天白云经过沐浴，似乎显得格外清爽，午后的太阳照着湿漉漉的公路，一股潮热立马涌了上来，如同夏日里城市的马路上下过一场急雨之后的感觉。炽热的阳光洒在山林和溪水上，有一种说不出来的清亮。我觉得有点

恍惚,上午还在那个被世界遗忘的角落,一个"半点绿色都没有的星球",而现在却是在水汽滋润,如同江南峡谷绿林密布的溪滩边,这转换也太大了点吧。

下午的骑行,说累是勉强的,因为路程并不远。可说不累,好像体力都耗光了,无力前行。想来,应该是精神状态出了偏差。也许是离目的地太近,反倒失去了前进的动力,更何况我上午还处于"伤痛困扰"阶段,下午虽然膝盖不痛了,可也不敢太用力踩踏。整个人进入了一种懒散、虚弱的状态。不过看看周围,我也算是处于"赛车"队伍的第一梯队,有好些骑友进入了同我一样的境地,三三两两地在路边休整起来。

离目的地许荣兵站还有两三公里的路边,有一条长长的由大块鹅卵石搭建而成的石围栏,偌大的石头堆成半人高的样子。眼见天色还早,剩下的路已经不远,

靠在这大块鹅卵石堆砌的石围栏边,享受和暖的阳光

海拔 4100 米的田原美景

干脆就停下来,把车倚放在栏边。这个决定真是太正确了,一旦从骑行的紧张状态中解脱出来,整个人就变得闲散与放肆。靠着已经烤得暖暖的石头,阳光洒在身上,真是太享受了。陆陆续续有骑友踩着车路过,看着那些埋头骑车、疲态毕现的朋友,大喊:"加油!加油!"

晚上寄宿农家旅馆,每人35元,含早晚餐。房间很简陋,也就是农家大院边用水泥空心砖搭起架子,上面简易地架个屋顶,房间狭小,两三张简易床塞在里面,上面是不知多久没有拆洗的被子。但出门在外,也只能如此。这里海拔4100米,有个有顶有门的屋子,能御风避寒就不错了。用大家的话来讲,住的是猪圈,吃的是猪食。晚餐时,我看着盘子里的菜,随口说了句,怎么仅有的两份菜全是素的呀,马上有人说,这儿有块肉。仔细一瞧,还真是有点肉末。后来去锅里打了些菜,还真有牦牛肉,但全都是很硬很硬的带皮的肉,难以嚼动。晚餐菜虽差,但也吃下了两大碗米饭。

村里的自然环境极佳,位于山谷间的一块空地上。山坡坡势不陡,高山草甸及树木布满山谷。谷地中小溪顺山势而下,宽敞的谷地间错落着草地和牧场,马匹、牛羊自在地放养其中,家家户户的藏房上面堆满了过冬用的青稞草。在阳光的照耀下,徜徉在这自然生态的村庄,着实萌生了不想挪步的念头!住宿旅店的厕所也值得一说。厕所在院子后门不远的山坡上,所谓厕所,其实是挖个大坑,围上一圈半人高的围栏,便成了。方便时,眼前都是漫山遍野的森林草甸,完事后一站,脚下不远就是车来车往的公路,只见后到的骑友正慢悠悠地晃荡上来。猛然一叫,他们还以为你是站在坡上看风景,欢呼他们的到来呢。

## 9月22日 东达山
## 无可阻挡

昨晚睡得很不好。简陋的屋子根本挡不住高海拔带来的寒意,即便身着冲锋衣,缩在被子里,依旧能感受到寒冷。后半夜,我开始有些头痛,心中明白这是高反的迹象。在这么高海拔的地方,这也算正常反应,还好痛得不是太厉害。沉沉入睡是不可能了,之后就一直处于迷迷糊糊的状态之中,算是勉强进入了睡眠状态,只觉得身边一直传来"哗哗哗"的水声,半梦半醒中以为下着雨,心里始终隐隐担心着地面结冰会影响第二天的骑行。

早餐很简单,但也很实在,稀饭和馒头。馒头的卖相不是很好,深黄的面皮,极不工整的形状,大小不一的个头。馒头虽糙,能管饱就行,吃完后我还多塞了两个到包里,权当补给。这临时的起意,在爬山过程中倒是补充了不少的能量。在路上,再精致的面包、巧克力、压缩饼干都比不上馒头实在。

清晨推车走出小院,头依旧隐隐地痛着。公路上,骑友们已经陆陆续续踏上前行的征程。

东达山,垭口海拔5008米,是此次骑行经过的第二高山,也是海拔上5000米的两个垭口之一。起点荣达兵站海拔约4100米,上山行程25公里,净上升900米。

前往东达山垭口的路,一直沿着山谷弯弯曲曲地前行。开始时,山谷渐行渐窄,眼见着前方没路了,可路随山转,又是一条继续向前延伸的路。后来,山谷越行越宽,也越走越长。出发时,远处是弥漫着晨雾的幽蓝天空,随着车轮向前,云雾渐渐消散,天空也越来越亮,开始变得透蓝。向前直行了很久之后,经过一个近300度的转弯,就是一条上坡的陡路,前方是一个圆弧山头,山上都是些深秋泛黄的草甸。

遇 见 风 景　　遇 见 自 己

　　此时天空一半是还未完全散去的白雾，另一半则完全是深蓝的天空，山头那干净纯粹的曲线，在这个半白半蓝的背景下显得分外有韵味。小周骑在我前方不远处，穿着鲜红的外套，低垂着脑袋，奋力而缓慢地前行。站在山头上，回望前来的直路，原本以为是平缓的上坡，从这个角度望过去，竟是一条又长又陡的坡。

　　抬眼望去，周遭的山头并不高大，沿着路向前的远方也只是些低矮的山头。这陡长的上坡路，耗费了我们大量的体力，身上的衣服早已被汗水不知湿透了几遍。稍作歇息，摘下骑行帽，解开冲锋衣，热腾腾的白汽便从身上头顶冒了出来。整整25公里几乎都是这样的路，没有什么下坡，大家就是在这样的上坡中，蜗牛般爬行。

　　今日上山的骑友很多，很快分成了几个梯队。第一梯队速度很快，老范跟在他

天空半蓝半白，路看似平坦，实则又长又陡

遇 见 风 景　遇 见 自 己

漫长的公路及孤独的行者

遇 见 风 景　遇 见 自 己

们后面。我大概处于第二梯队的位置，还是按照自己既定的速度前行，争取每 5 公里做一次休整，偶尔会因为太美的风景停下来拍照。

在这漫长的上坡中，要维持 5 公里一次休息还是比较难的。总是未行多远，就想停下来，虽然心里告诉自己"还没到，得继续"，可脚根本不听脑袋的指令，就是踩不动踏板。小黑比我机灵，自从在毛尼村碰上昆明团队后，他基本是有意识地同他们接近。我想，他跟的不是人，而是人家的后勤车，那里面装满了补给。这家伙已经快成了人家的外挂队员。这不，我看前方，这家伙正混在昆明团队内与他们并驾齐驱呢。

骑着骑着，内衣早就湿透，头上的汗水沿着头盔滴了下来，落到眼镜上，一片迷糊，也没空去擦，低着头，一个劲地按自己的节奏向前行。膝伤似乎有点发作的迹象，我没敢太用力骑。以前我爬坡时，基本上可以用 2+2（指前、后挡变速器。挡位，数字越大，车速越快，对体力要求更高），或 2+3，甚至是 2+4 的速度前行，但现在只用 1+3 或 1+4 的速度，这样速度虽然慢些，但不用太费力，膝盖基本没太大的感觉。

山谷里的景色很美，就是太大了。一辆大车从身边驶过，要过很久很久才会在很遥远的地方化成一个小点，然后从视野中消失。山谷两边的山头大多是光秃秃的，但中央的盆地和路边的山坡上，铺满了泛黄的小草。休息时仔细一瞧，草丛中还生长着一些紫色的、红色的小花，一簇簇的，释放着勃勃生机。平时，我们总感觉高原是一个脆弱而简单的生态系统，因为放眼望去，看到的大都是贫瘠的山体、易碎的落石、低矮的植被，或是清一色的草甸。随着海拔升高，平时经常看见的大树及灌木都很难生存。但就在这脆弱的生态中，生长着各色植物，就如眼前的小花，或是藏民们经常找寻的虫草等，同样存在着一个顽强而独立的生态体系，只是我们没有太多时间去发现。我想起儿子学校的推荐读物《昆虫记》，每一个细小的生物都有它的一片精彩世界。而这里的生态，也有着我们普通大众未知晓的世界，在按照它们的规则自在地繁衍生息。

山谷中有一些蜿蜒的小溪，水流或是源于高山的冰雪融水，或是积蓄在草甸之下的存水。整片山谷看上去真是一块条件优越的牧场，可我未曾看到有任何牛羊，可能是海拔太高的缘故吧。

在路边休息的时候，一位五十多岁的老骑友教了我护膝的办法，其实很简单，就是穿厚、保暖。我立马从驮包中取出一条秋裤穿上，身体一暖和，确实感觉好多了。老骑

仔细一瞧，草丛中还生长着一簇簇紫色的小花，释放着勃勃生机

友是来圆梦的，年轻时总是有事情，现在退休了，不管不顾家人的劝阻就来了。他走的是川藏线，反正有的是时间，拉萨，无论有多远，慢慢骑总会到的。只是，他做了个鬼脸说："一路上，太寂寞了！"哈哈，这个老头啊！

在离垭口还有六七公里的地方，同小周打了个赌。旁边一位骑友说这段路约需三个小时才能上去，因为一路行来，他的体力实在是耗光了。小周说至少两个小时，而我提出一个半小时。他们都看了波尔的攻略，可能"中毒"太深，因为波尔说他最后这点距离都要一个半小时才到。从早晨出发，骑到这里，大家都已经精疲力竭了，海拔实在太高，对最后的这段上坡已经心有余而力不足。而我，克服了早上的高反和昨天的膝盖伤痛后，现在居然像是用过兴奋剂的骑士。启程后，便头也不回地按自己的节拍前行，每一个路标，或是路牌，或是下一道转弯，或是多少根中央黄线，都成了我骑行的目标，码表显示骑行速度是每小时 7 公里。这最后的上坡的确很辛苦，但目标既定，不达目的是不能轻易休整的。经过一个又一个的目标，追上一位又一位的骑友。看得出经过长时间的骑行，大家的体力已经被这漫长的上

坡榨取得只剩下最后一丝了,就如紧绷的弦,不知何时会松掉。老范,也是其中之一,果不其然也被我超过了。我骑得太猛,到达垭口时,还有些不自知,只是不经意间,听到一旁有人说垭口到了。

东达山垭口,海拔5008米,立着一块"不畏艰难险阻,不怕流血牺牲"的大牌。我骑上来了,心中油然升腾起一股自豪感。最后这几公里,我用了一个小时零几分钟的时间,几乎是冲上来的。绝大部分骑友在这最后一程,都是以很慢的速度,或干脆是推上来的。

晚上入住左贡青年旅社,50元一个标间。

收割青稞

不畏艰难阻险，不怕流血牺牲

今天，成功地登上海拔 5008 米的东达山，意气风发！回想前面翻越过的一座座高山，穿越过的一条条峡谷，一股豪迈的激情在心中荡漾！这几天连续翻过了几座高山，白芒雪山、红拉雪山、觉巴山和东达山，感觉"已经没有什么能够阻挡"！接下来，我要好好地保护膝盖，争取顺利完成这次骑行。

## 9月23日 沿天曲河上行
## 状态低迷

此一时,彼一时,昨日意气风发尚有余温,而今日,狼狈疲态又从天而降。

因为状态实在过于低迷,所以 hold on(挺住)成了今天的主题。

全天感觉不对,那种一马当先、勇攀东达山的精神没能得到继续贯彻和发扬,与之相反,向着懒散消沉的另一个极端发展。

一早临出发时居然发现头盔不见了,心中满是焦急。没有头盔,骑行危险系数倍增。想起昨天下午刚到旅社时,院内有两个玩耍的小孩,心中就认定是不是自己上楼前把头盔落下,被小朋友拿走了。于是使劲催着旅社的服务员——一个小姑娘,帮忙联系这两个小孩。可小孩子们已经上学了。小姑娘很有责任心,是因为觉得过意不去,就一再地帮我们寻找,甚至还到小孩们居住的房间去找,最终没有找到。没法子,我打通了老火的电话,联系办理头盔的事情。上次我们川藏骑行时他的变速线坏了,临时通过别人用货车从八一带过来。电话那头的老火很热心,马上帮我联系,但最后感觉最好的办法还是临时买个摩托车头盔,等到了八一再更换。没有其他选择,只能按此行事了。买好头盔不久,临近出城时,老范突然说,会不会是我把头盔落在昨天我们找的第一家宾馆了。这也算是一根救命稻草,于是又返回去找,还真找着了。我赶紧给小姑娘发短信真诚道歉,又把摩托车头盔退掉。时间耽搁了很久,已经是九点半多了,但解决好头盔问题,也算省掉了一件麻烦事。

在电影《转山》中,男主角骑行时,大量的镜头中没戴头盔,可能是为了让镜头表现的画面更潇洒,也可能是他把头盔给丢了,但我觉得这种宣传是极其不严肃的,会产生严重误导。头盔的保护作用,在紧急情况下是非常有必要的。在前面的旅程中，我也讲述了自己亲身经历的故事，一路上骑行的车友，基本都有这个安全意识。这里也再次告诫要去骑行的朋友，千万养成戴好头盔骑行的好习惯。

今天的状态奇差，倒也不是头盔的事情，可能因为有些感冒，嗓子发哑，骑行很是吃力。出城之后一直是平坡，也就是上下坡，坡度倒也不算大，但感觉很不爽。一路风景平淡无奇，除个别外，没有太出众的地方，这跟老何反馈的信息不一样。自从在芒康与老何分开后，我们的四人团队就变成了三人团，老何则在前方"单打独斗"，也算给我们打前站，告诉我们前方的相关信息，这也大大方便了我们的行程安排。可能因为我状态差，整个上午就想搭车，一点骑车的欲望也没有，对风景的敏感度大大降低了。

上午被杭州骑友追上，夫妻两人，"女汉子"很是爽朗。在浙江的时候，小周同他们已经在网上取得联系，本打算一起组队，只是因为我们早了一天，大家失之交臂。夫妻俩体力不错，昨天直接从竹卡过觉巴山，再翻东达山到左贡，连翻两座高山。对这种神人，也只能竖起大拇指了。人家连帐篷和睡袋都已经快递到了拉萨，准备到纳木错旁边去露营，计划真是完备。看着女汉子潇洒的背影，唉，我今天的状况是如此差，心中的落差，无以言表。

吃中饭时，昆明团队的小姑娘拿着一个小本四处找骑友签名。呵，就是半夜惊

月亮门

感觉像大乌龟

叫的那位,看到她怪不好意思的。趁着用餐的工夫,好好休整了一下,体力有些恢复,状态也好多了。

下午的骑行有五六十公里的距离,一路沿着曲玉河上行。曲玉河,河如其名,河水如碧玉般呈淡绿色,宛若玉带盘亘在大地和山谷间,越往上游水越清澈。在经过某个乡镇附近时,一路上就看到很多藏民骑着装饰了五彩花架的摩托车,呼啸而过,越野车、大货车,就连马匹也装了花饰。"女汉子"体力好,特意骑车爬到半山腰的寺庙去看了一下,回来说是有活佛来访,热闹极了。四里八乡的藏民都开车、骑马或骑摩托过来了,越靠近镇子的地方藏民越集中,就像是盛大的节日。

我有心想去看看,但看着那座小山,还是扑灭了这个想法。

经过小镇不久,迎面吹来的风开始大了起来,明显感觉到有很大的骑行阻力,尤其是上坡的时候。距离邦达二三十公里的地方,风力开始变强了,逆风骑行的难

扎成五彩的车

度越来越大。而且山谷吹来的风很寒冷，一定要加上厚厚的衣服，否则难以忍受。每一个转弯的谷口似乎都是一个风口，顶着寒风骑行，非常辛苦。还好体力和精力有所恢复，加上离目的地不是太远，我强忍着疲乏努力支撑，心中也早已没有搭车的念头。

　　看着路上的路碑，心中默数着还有20、10、5公里。就这样坚持着。这也是没有办法的办法，只是希望能尽快到达目的地。小周和老范也知道我的状况，一再鼓励和等待我。预计下午四五点就能到，最后到晚上七点天色渐暗才到达目的地，人已经是筋疲力尽了。

　　晚餐时遇见小黑的福建老乡，一个神人，令人崇拜之极，大家决定请他用餐。这位大神，是从大理徒步过来的，是正儿八经的徒步，不搭车，靠双腿。他从8月中旬出发，算来已有月余。小伙子卷发，消瘦和被晒得黝黑的脸庞上透出一股精干。看着他，真的难以想象他完全靠双脚走到了这里。一路上看到徒步的人虽多，但完全靠自己走来的却是凤毛麟角。他也去拉萨，体力和意志力真的令人叹为观止。当我们结束行程的时候,他还在路上。当我们已经回归生活近一个月的时候,他终于走到了拉萨。

从出发算起,骑行已经多日,开始时的兴奋已经变成了一种自然的心情,原本以为是天方夜谭般的想法,如今变成了现实,踏踏实实地行在路上。小黑的老乡给了我许多启示。也许有些朋友认为我们骑行滇藏已经是很不简单的一件事情,而我们更佩服这位徒步的小伙做了一件让人惊叹不已的事情。在现实生活中,这也许就是"梦想""成功""行动"三者的相互关系。有些时候,我们会遥望某个目标,觉得它是那么遥远,不可企及,只能冠以"梦想"一词。对于成功达到目标的人,我们只是充满了羡慕、佩服,甚至有些许的"嫉妒",却从没想到,自己也能行。实际上,我们也可以像他们一样,勇敢地迈出第一步,用自己的"行动",去实现"梦想",取得"成功"。诚然路上会有艰辛、波折、风险,但唯有"行动",才会发现很多事情不是自己做不做得到,而是有没有下定决心去做。

小心落石

像不像猴哥

流水冲刷过的岩石

## 9月24日 怒江峡山
## 经历72拐

今天穿越赫赫有名的怒江峡谷。

由邦达出发，一出小镇便是14公里的上坡。考验来得干脆利落，全程缓上坡，直至业拉山垭口，耗费3个多小时。自出发以来，已经登过许多垭口，对于这十几公里的上行，一点都不觉得有压力，甚至觉得才十多公里就能到垭口，太容易了。垭口海拔4658米，在离目的地还有一两公里的时候，居然有点骑不动的感觉，也许就是因为太过轻视这十几公里的"短距离"，导致力气一下子用光了。

前面就是318线上赫赫有名的"72拐"。这几天，我们一直在谈论着有关"72拐"的话题。据说，每年都会有骑行者永远地留在那里 —— 因速度太快，从转弯处飞出去。站在高高的山上望着"72拐"，那一连串巨大的呈现扁平状的"之"字形路就斜铺在大山上，把整座大山划分成了好几个部分。比起我们爬过的那些上山路，此处弯曲的公路更为集中，转弯更急，无限的风险就隐藏在这看似平静的"之"字上面。昨天晚餐时，大家还好好交流了一下过这个"鬼门关"要注意的事项，已经先我们一天启程的老何特意打来电话提醒下山时速度放慢一些，座椅尽可能调低一点，转角的小石块尽量不要去碰（因为一碰便容易在高速的状态下滑倒）等等。不管怎么样，"小心"是这次下坡要特别注意的词。如同每次下坡一样，我们相互提醒检查刹车，提醒放慢速度，提醒保持一定间隔的休整。这就是团队骑行的好处，尽管大家在以往的骑行中已经很注意下坡的处理，但每次相互提醒都能让大家更加注意，不至于太过自大。毕竟，下坡时过于追求速度和拉风的感觉，隐藏着太多安全隐患，很多遭遇危险的骑友就栽在这上面。72拐，是骑行滇藏线中我们安全

遇 见 风 景 遇 见 自 己

贫瘠山谷中的绿洲

谷底，老范成一个小点

老范背影

小黑背影

72拐，据说每年都有骑友因速度太快而永远留在这里

遇 见 风 景　　遇 见 自 己

防范的重中之重。

　　心理上的准备极其充分,下山便极为顺利。因为下山的弯道太多,根本数不清有多少个转弯,也没算过到底是不是72道拐。海拔极速下降,温度逐渐升高。在72拐由上而下高速冲坡时,开始还神经紧绷、全神贯注,到后期居然昏昏欲睡,还好忍住了没打瞌睡。

　　说是极为顺利,还是有些小状况。从山顶冲下来后不久,刚刚过第一个休息点的时候,我的车胎居然漏气了。很奇怪的一个状况,因为本来好好地骑着,在一个弯道处休息了没几分钟,继续出发时居然发现后轮胎没气了。刚想叫住已在前面的小周与老范,但就晚了那么一会儿,这两个家伙已经冲到下一个弯道去了。没有法子,只能靠自己了。好在现在是老师傅了,经验丰富,修补起来也变得不紧不慢。

　　下到山的最底处,已经快靠到浑浊的怒江边了。眼前的情景有点奇怪:路边有好些骑友在休息打盹,估计也是冲到下面时昏昏欲睡。现在我想来,极可能是醉氧。山上海拔高,氧气含量少,而怒江边水流急,空气流动好,海拔又低,可能氧气含量高了许多,人一下子不适应而出现的正常反应。

　　我们没有停留,继续往前冲。冲下最后一个坡,踏上怒江边的平路时,怒江果真"怒"了。本来还是温暖的天气,忽然就刮起了狂风,一阵疾雨打了下来。赶紧换上雨衣,盖上防雨罩。雨是"骤雨",下了一阵就过去了,可风却不是"疾风",而是持续性的"狂风"。挟带着山谷江水的寒气,风疾速地贯过来,风力远远超过了我们之前碰到的"逆风",昨天才顶过的逆风在这儿变成了小儿科。没有办法,只得强忍着,一脚一脚用力踩着踏板向前骑。也不知道要骑行多远,可无论多远,没有退路。看风景呀,拍照呀,都已经弃之脑后了,心中唯一想的,就是要坚持骑上5公里,或者到达怒江桥边才能休息。

　　1公里,2公里……里程在持续增加。骑行了约三四公里后,转过一道弯,我看见前面不远处,一座桥横空而生,在这刀削般的峡谷绝壁中,从一端飞跃直入对

遇 见 风 景　　遇 见 自 己

信封在怒江峡谷

面的山中。这简直就是浑然天成的杰作，就这么一横，天堑变成了通途，不可能变成了可能。老范事先提醒我们，这桥是军事要地，不让拍照，否则会没收相机。依我看，这桥绝对是一个绝佳的惊险动作电影拍摄地点，故事的精彩性和惊险性可以依托"飞桥"大书特书。

感谢守卫的武警，提供了免费的热水，供往来的司机和骑友补充。桥上不让停留，推车通过大桥后，边休整边等队友。倚在路边的石栏上，我看到了难得一见的一幕：一只个头不大的鹰，展着黑色的双翅，乘着峡谷的气流在谷中盘旋。它飞得不高，几乎就在我们的身边，底下是浑黄湍急的江水。那流畅的滑翔轨迹，风中微微颤动的翅膀，空中十分平稳的身型，简直就是一位闲坐于半空的绅士，全身都散发着一种从容、自信。我环顾着这充斥着红褐色，见不到半点绿意，满眼都是悬崖峭壁的峡谷，这偌大的好似没有生命迹象的峡谷，却是这只鹰的世界，不由感慨生命真是一种奇迹。

过桥不久便有一个左转的岔口，这是两条峡谷的交会处，从这儿便能拐进另一条峡谷。若是放到战争年代，这里绝对是兵家必争之地，因为来往的道路仅此无它，好一个"一夫当关，万夫莫开"之地。一条碧玉般的清流，在此汇入浑浊咆哮的怒江。这股清流江面窄，但流速非常急，从江边那些被水冲击得呈现各种弧状的巨石可以看出水流的力量大得惊人，我们便一直溯着这股水流到达八宿县城。

这些日子我们一直在山谷中前行，但与以前相比，这里的峡谷又窄又深，简直就是大地上一道深深的裂痕，只可惜我身处裂痕中，看不到全部。道路伴着江水在深邃的峡谷底端弯曲前行，两岸的悬崖如高墙般耸立。此峡谷与怒江峡谷迥然不同。怒江峡谷内尽是红褐色山岩，岩石都非常坚硬，而这里的山岩均是一些砾石和沙土层，一层砾石一层沙，平铺上去，形成二三十米高的悬崖。

从狭小的谷道空间出来后，紧张的情绪放松了许多。在峡谷出口不远的一个小店内，我们要了几碗方便面，边泡面边休息。聊着聊着，谈到了搭车的话题。小周的意思是出来太久了，高山深谷全都尝试过了，一般的路段就不想骑了，还不如早些搭车早些到达早些回家。老范也表示赞同。我一听这个，立刻对这两个家伙表示不满，有点上火，还好没有吹胡子瞪眼。我觉得既然来了，就应该骑完全程，况且现在各种困难都经历过了，正是状态最好的时候，怎么能轻易放弃呢？人一冲动，声音就大了些，搞得大家有点不愉快。旁边有一位从川藏线来的南京骑友，听到"搭车"两字，忙说："我们已经搭了很久的车了。一路上都在修路，大多都是烂路，没法骑。"或许我有点追求完美主义，一个念头在脑袋里打转——骑完全程，所以之后每每提到搭车，我就感到恼火。当然这点不愉快也很快随着车轮的前行被大家弃之脑后。

遇见风景 遇见自己

晚上到达八宿县城。八宿毕竟是县城，这儿的青年旅舍提供热水和洗衣机。好好地清洗一番后，我请大家吃晚饭，将小黑和他的队友小五一并叫上，当然也是为下午的小发飙感到抱歉。美其名曰想吃鱼了，可还是没吃上，这儿不提供活鱼。吃饭的时候，小黑告诉我们下午发生的一件事。他的团队落后我们约半个小时的路程，休息的时候目睹了峡谷内的山体滑坡。小黑说："我们正在休息，听见'轰'的一声巨响，然后便是一大片灰尘扬起，对面一大块山坡滑了下来，还好是发生在对面。吓得我们赶快离开。"真是惊险至极！

## 9月25日 八宿—然乌
## 冰火两重

今天的行程是从八宿县城出发,翻越安久拉山到然乌。自出发以来,似乎每一两天便要翻越一座高山,这与原来川藏骑行的节奏差不多。川、滇、藏这三省(区)交界区域的地理形态仿若大地的褶皱,高山峡谷紧密相邻,道路既要顺着河流沿江而建,又必须辗转盘旋翻越险峻山峰。临水见激流澎湃,登高望山川激昂。正因为此,才构成一条极具挑战又美景遍布的"国字号"景观大道,吸引着四面八方的骑友。

二战时盟军对德军战略大反攻的转折性战役——诺曼底登陆,有人用"最长的一天"来描述,形容的是尽管成功登陆,但付出了惨重的代价。我本也想借用"最艰难的一天"来形容这一天,原因是尽管登上垭口,但付出了极大的努力。这个念头直到从安久拉垭口下来,情况发生变化后才消失,取而代之的形容是"冰火两重天"。

冰:

从早晨七点半到下午五点半,整整10个小时,这大约算是"冰"的过程。从八宿到垭口的这段距离,长达64公里,居然用了10个小时。除去午餐及午休用去1小时外,整个上垭口的骑行加路上的休整花了9个小时。说是"最艰难的一天",是因为这段旅程的骑行是我骑滇藏线,包括以前的川藏骑行中,最为痛苦和艰难的,尽管最终并未"崩溃",但算得上是我骑行生涯中的"诺曼底登陆"。64公里,海拔上升了1100米。全路段基本是在上下坡,上坡路长些,但坡度并不是问题。

最重要的问题是"风"。尽管已经远离了怒江,可风的威力仍在,而且有愈刮愈猛之势。

遇 见 风 景　　遇 见 自 己

这里的风名声响亮。昨天入住的旅店老板特意提醒我们，路上十有八九会碰到大风，最好早些出发。

为避免遇上强风，我们一大清早就出发了。开始时状况还好，但出城约10公里后，可怕的、猛烈的逆风便开始了。尽管没有昨天峡谷的地理优势，可风力仍然非常猛烈，挟带着寒意的风让每一步骑行都变得很吃力。冷风如锋利的刀子切割着外露的皮肤，让人不由叫疼。还好冲锋衣将里面的加绒衣、毛衣裹得严严实实，密不透风，身体能够保暖，但手套则根本无法抵御寒风的侵袭，薄薄的一层纺织物成了一个四处透风的破房子，需要隔一段时间就活动一下手指，否则很快就会冻得发麻。上坡已苦不堪言，下坡仍要用力地踏着踏板，更何况很多地方看似下坡，实则是上坡，让人更觉痛苦万分。我一路上努力地督促自己，利用远方每一幢房子、每一个转弯的路口、每一根电线杆，以及数字富有特色的里程碑（3800、3838、3848）来作为目标超越，不断激励自己下定决心一定要骑过垭口。

背包里有清晨出发前买的几个苹果，我设定好骑到哪个里程碑，就奖励自己一个苹果。有如玩笑般的目标和激励还真是有作用，尽管骑行很困难，我还是比较顺利地到达了各个目标点。在"3838"的时候，我们好好休整了一会儿，补充食物，开开玩笑，苦中作乐。整块"3838"碑不知被谁涂成了粉红色，颇具女性色彩。靠在路边的石沟内，我奖励了自己一个苹果。啃着甘甜的苹果，回望来时的路，觉得自己真了不起。之后的骑行中，我一直领先，后面的两位队友似乎已经难以支撑了。在"3848"处，我吃完最后一个苹果要上路之时，他们搭车过来了，问我是否一起搭车，或是把行李放到车上。我想了想拒绝了，反正离垭口最多还有十来公里的路程了，不管花多少时间，就算推车也要推到。

最后的10公里是最为辛苦的路程。越是靠近垭口，力气越是不足。在开始的时候，我几乎能以每5公里休息一次的速度进行，但到这里却是行了两三公里，便想坐下休息。越靠近垭口，路边席地休息的骑友就越多，看上去都已经耗尽了体能。

遇见风景　遇见自己

逆风骑行

这在以往的爬山中是没有过的。这里，仿佛就是大战快要落幕时的战场，只是激战后疲乏的战士已经没有力气站起来，去庆祝即将到手的胜利。在"3852"处，我又一次坐下休息，靠在路牌上，感受着自己无力的躯体，看着远山，感慨这"自虐"的旅途。

被人刷成了粉红色的 3838 号里程碑

垭口在一片开阔的高山草甸之上，如果不是远远地瞧见彩色的经幡，谁也不会认为那就是垭口，立在弯弯曲曲的路尽头。即便这最后距离垭口不到两公里的路程，我还是休息了两次。

望着安久拉垭口上猎猎作响的经幡，还有那炫目的风马旗，我没有兴奋。那种从前每每登上垭口时油然而生的自豪感和成就感，此刻消失得无影无踪，只是心里不断念叨终于到了，终于到了！

安久拉山，我服了！

火：

离开垭口，还是得顶着逆风继续骑行。垭口处本身就是一片高原平地，那笔直的马路，通向遥远的山的那边，一眼望不到头。到达垭口，最艰难的任务已经完成，心理上有了些许放松，让我能继续蹬车前行。经过两三公里后，方才正式开始下山的行程。

一个垭口，一片高山盆地，隔绝了两个世界。才转过一道山谷，那漫山遍野的

遇 见 风 景　　遇 见 自 己

安久拉山上飘扬的风马旗

骑行路上

缤纷，红的、青的、紫的、绿的、黄的、褐的，那是各色植物随意搭配着。如碧玉般的雪山流水，欢畅、肆意地畅行其间。我的第一反应是：这是造物主的花园，是佛主的世界。到这里，一路的逆风早已消散无影，一路的疲惫与牢骚在转瞬间逃之夭夭，只剩下惊讶和不舍。我将车速放得很慢，此刻时间尚早，天色仍亮，只想停留在这无花胜有花的缤纷世界。

当车轮顺着山路慢慢地转过另外一个弯，就要进入另一片山谷时，更令人惊喜的画面出现了：一片宽宽的雪山，如拉开舞台幕布般，随着车轮的渐进，从雪峰的一角，渐渐地展开了全部，在这个美丽山谷的大屏幕上，慢慢地显露了出来。雪山很宽，由好几座棱角分明，颇有气势的山组合而成，山上皑皑白雪在夕阳与蓝天的映衬下分外显眼。用现在的流行语说就是："我和我的小伙伴都惊呆了!"整个山谷就像一个大花园，越往前行，越有味道。随后，我又发现一个瀑布，尽管水量不是

遇 见 风 景　遇 见 自 己

垭口，一片平坦的高山草甸

很大，但有了这"飞流直下"的点缀，花园就增添了流动的旋律。路边出现了一块岩壁，极具层次感又锋利如刀削般的山石恰如旋律中的惊叹调，散发出极富节奏感的韵味，赋予这温温柔柔的山谷阳刚之气。

这真是一种无与伦比的感受，这是我见过的最美的山谷。

这就是然乌镇。然乌的美，在未来到此地之前，就已经在心中扎下了根。对然乌的印象来自多年前淘到的一本打折书，是关于90年代初徒步西藏的游记。虽是打折书，却一点不影响我对它的喜爱之情。至今这本书还放在我的书架上，时不时地会拿来翻阅。书中描绘然乌的美，是一种纯朴的美，纯净而自然。作者是搭车到然乌的，因为言语不通，划拉着手势住进藏民家，漆黑的

峡谷的美

房子，简单的伙食，淳朴的招待。当他端把椅子在湖边坐上一整天的时候，那种油然而生的恬静与感叹，早已演变成了我埋藏心中许久的向往，甚至对于"然乌"二字，我都觉得有些纯粹的气息。

此刻，然乌的美，已经不再是书本上给我的感觉了。这山谷，还有初入然乌时所看到的如世外桃源般静谧的美，让人忍不住屏住呼吸。

就像陶渊明的《桃花源记》一样，大凡到世外桃源之处都要经过一条长长的山洞，经历过光明与黑暗交替，接受心灵在暗黑空间的洗礼，方能得到最终的平静与放松。在游览完那个造物主的花园后，再穿过一条长长的半封闭坑道，亦即山缝间很长一段用水泥架支撑起山石的通道，就如同半明半暗的山中隧道。因为用水泥架支撑，所以看得见嶙峋的山石。有些地方山石已经崩塌，有明显修通的痕迹。骑行通过时，不禁有些心惊，不知头顶的石头啥时就会掉落下来。好不容易出了坑道，来到山洞另一头的世界——一座世外小镇，眼前的一切让所有的冒险都有了价值。映入眼帘的是一个偌大的湖，湖畔有大片的牧场，放养着许多牦牛和绵羊，场外是一片低矮却修建得很齐整的房屋。没有喧闹，没有杂乱，一切归于静谧，让人感受至深。

这就是然乌湖应有的味道，这种味道还散发着文字的清香。

晚上在老兵饭店用餐的时候，看到墙上有人留言："今日的然乌湖，已不再是从前的然乌湖。"心中深以为然，虽然以前未曾来过，但昔日文章给自己留下的深刻印象却是很难磨灭的。旅游开发也好，经济发展也好，大批的游客前来，小镇面貌日益现代化，昔日的然乌湖一定比今日更加质朴，更加原始。

## 9月26日 然乌

## 然乌的美

清晨,从湖光山色、雪岭牧场滋润的梦中醒来后,我们仍旧按计划出发,向波密进发。心中着实有不舍之感,只待来日再回此地了。

然乌的美,在湖,在山。沿着湖畔公路骑行,湖光山色是无法用言语形容的,尽管天气不是特别好,厚厚的云层把蓝天、白云、雪山等一切都遮掩起来,昨天远远瞧见并为之激动不已的雪山也全然不见了踪迹,湖水很是浑浊,但这一切仍无法阻挡然乌湖散发出来的美。湖面宽阔,岸边的山峰高耸,山顶云雾弥漫,山坡上覆盖着黄和绿的山林,深绿、淡绿、鹅黄、嫩黄,又是一片色彩的海洋。如果天是蓝的,水是青的,而雪山又在湖的那头,那又是何等的美?

沿着湖一路走走停停地骑了一段,在一个下坡处发现有好些车停在路边,这里居然是一大片沙滩。沙滩弯弯曲曲,湖水蜿蜒地流淌着。站在沙滩上,向前眺望,此处湖面宽阔,而远山起伏,浮云缭绕,一侧的山峰色彩缤纷,一侧的山峰白岩坦露,两者"阴阳相济",远处相交处正是我们辗转拐出的小镇所在地,此刻早已隐在云深处了。

在然乌湖下泻处,湖水开始收拢,一改湖面的波澜不惊,开始焦躁、不安,也许是因为找到了宣泄的出口,变得欢腾起来。在下泻口,水流变得湍急,穿过层层巨石组成的岩滩,向下奔流。下泻口的岸边同样是一派秋日风光,秋林多姿,秋色斑斓,秋意浓浓。旁边小山的另一侧,就是一座巨大的雪山,雪山似近在咫尺,只可惜云层太厚,只留下低处的皑皑白雪让人遐想。湖水悄然变成了湍急的河水,我们整日的行程便是逐河而下,穿越深山峡谷,直抵波密。

遇 见 风 景　　遇 见 自 己

  湖美，峡谷的美也不在其下。森林、山岩，构筑了另一幅画面。如果说昨天通过垭口后的所见已经让我大吃一惊并为之兴奋，那么今天这种兴奋便渐渐转为欣喜和欣赏。我开始对西藏有了另一种认识，这种认识推翻了我之前的狭隘观念。骑行于这安静的峡谷，只有碧水急流的哗哗声，身旁是高耸的山峰，山坡上、急流边尽是被秋意染透的山林。一路行来，风拂在脸上，林靠在身边，只这林和风便让我惬意不已了。如果天色足够亮的话，雪山、冰川随处可见，而这次，只能面对着高山后面露出的朦朦胧胧的影子展开遐想了。

  在距离波密还有约40公里处，经历了一长段直路，而此处谷地正宽，简直可以用来起降飞机了。直路比较难骑，因为太长，一路骑过去几乎感觉不到距离的变化，容易让人疲劳以及产生挫败感。远远瞧见一座巨大的雪山，似乎叫作"盔甲山"，颇

**然乌的美**

遇见风景 遇见自己

有气势。此时,突然刮起了强风,看来这带着阳刚之气的雪山是不可以随便接近的。又一次逆风前行,只能在心中默默地给自己加油。

行过这段路,再上坡拐过一道险峻的山崖后,便进入茂密森林,沿着林间公路骑行,不时可以透过密林的隔断处,望见远处的冰川。这儿的森林并不仅仅只有树林密布。林子虽密,但不时可以发现林间藏着很多很有特色的小农场。农场简简单单地用一些大树杈做成栅栏,围成一个很大的院子,院中平平整整,只有浅浅的草,一幢彩色屋顶的小屋便立在院子的一侧。这些带着彩顶的屋子与宽宽大大的院落,看上去颇有些欧州风味。

行至离波密还有20公里的地方,开始下起了雨。此时已经骑行一百多公里,虽说前面大部分是比较轻松惬意的,但是因为之前强风的关系,体力有所下降,队友们都已经骑到前面去了。林子太深,天色渐渐暗了下来,雨下得有些大,不得不披上雨衣,这样也多少增加了骑行的难度。一路上的欣喜和激情开始退却,心中所想的就是要尽快到达目的地。

世外桃源

遇见风景 遇见自己

湖水下泻处

路边草场

此时是晚上七点多,按理天应该很亮,可树林浓密,加之下雨,路一直在林间延伸,茂密的树木将光线遮得严严实实,视线不是很好,来往的汽车也亮起灯来,路况变得颠簸起来,路面不断出现坑坑洼洼,扶着车把的手也被震得发酸发麻。不过时间已经晚得让人顾不上叫苦了,眼睛只能盯着前方,看清每一个路牌,默数离目的地还有多远。还好,这里基本没有岔路,不用担心走错路,只需要一个劲地往前行。有时,很想停下来休息,坐上一小会儿,但因为下着雨,路边很难找到适合休息的干燥的地方,实在累了就只能稍微靠着车把停一停,然后继续前行。

这陌生的地方,坏天气、破马路,不远处咆哮不止的激流不断传来轰鸣声,让人心里着实着急,身体的疲惫已经顾不上了,只能竭尽全力一公里一公里地向前方骑去。

雨越下越大,过了"4006"不久,总算见到了城市的灯光,悬着的心才放下来。在一家大酒店前,正要找一处躲雨的地方,打电话同队友联系,就听见有人在酒店门口叫我,抬头一看,是老范,说就住这儿了。

车与人一样,也需要休息

遇 见 风 景　　遇 见 自 己

小村庄

　　忙将车推进酒店放好，带着驮包进了大堂。山河宾馆，看样子是星级酒店。大堂挺气派，金黄色的墙壁，在灯光的照射下显得暖烘烘的，还有几个大沙发摆在一旁。从凄寒的冷雨中来到这样一个温暖奢华的环境，真有些恍如隔世的感觉。

　　踩着地毯上楼时，满怀兴奋。老范这家伙居然会安排这么好的地方，真是 VIP 待遇呀！自丽江出发后，除了在香格里拉住过酒店外，这一路行来住的都是朴素的青年旅社，或是简陋的家庭旅店，最"应付"的一次是在毛尼村三人睡通铺。今天这个酒店，可是好得不能再好了，与之前相比，真是有天壤之别。

　　房间在四楼，可上到三楼后感觉有些不对劲。通往四楼的楼梯地毯没了，楼道内摆着些许杂物，门外黑乎乎的，明显是楼顶天台嘛！是不是搞错了？于是我拎着驮包又回到三楼，大喊老范和小周的名字。还真的是从四楼传来了回应，没错，是在四楼！住天台，有没有搞错?！我有些发蒙！走到天台，天黑黑的，只有外面的霓虹灯发出一些亮光。仔细一瞧,在天台的一边,有些简易棚屋,类似建筑工地的临时房。我们住其中一间三人房,我的床位靠着一扇窗,一摸,被子居然被雨水打湿了。唉,这个心理落差未免太大了嘛!爬上楼有些累了,把东西放下,问老范:"怎么住这儿呀?"老范笑笑:"这儿是25元一个铺,楼下240元一个标间,想住好的,出钱吧!"呵呵,这一路行来住宿都很简单。现在又饥又寒,放着这么好一个酒店不住,竟然住这样一个地儿,又不是口袋里没钱。想想算了,将就着先住下,明天再换青年旅社住。

　　想想这真是一个很奇怪的状态。回归城市,大家也都算个白领,经济上都算宽裕,可一踏上骑行路,就将自己转换到一个简单又纯粹的位置,衣食住行的要求都放得很低。问题并不在于25元和240元的差别,而是人变得非常简单纯粹,这应该是与精神有关,而与钱无关。

一路向前

## 9月27日 休整
### 楼顶天台

　　酒店对面是个兵站。昨天太累了,晚餐后也未洗漱,就在兵站的音乐声中睡着了。清晨,又在兵站的音乐声中醒来。

　　走出房间,天已大亮。天台很大,是一个三十多米长、十五米宽的平台,长方形的平台上布满了晾衣架。我们住在平台的一端,中部有一个大大的洗衣室,大概酒店设计时平台就是用来洗晒被子的,只是后来为了解决我们这些"穷游客"问题,搭建了一些临时建筑。一抬首,对面兵站的背后居然是座雪山,尽管雪不多,但尖尖的山顶,以及半浮于山峰的薄云,很是漂亮!忙回房告诉还在半梦半醒中的伙伴,这才发现自己床边的窗户一开,那座雪山就在眼前!真有点"窗含西岭千秋雪"的感觉。

　　高原的阳光十分灿烂,天已经被昨天的雨洗得透蓝。按计划,今天的安排是休整。在天台休整的骑友不少,连杭州那对夫妻骑友也不例外。不过,他们没有选择休息一天,而是继续前行,真是强悍!不一会儿,大家都起来洗漱清理。楼顶有晾衣架,有洗衣机,这么好的太阳当然不能放过。辛苦骑行的"穷游客"们这会开始勤快起来,这几天被汗湿透、被雨淋过,穿得有些异味的衣裤终于有个机会好好清洗一番了。晒台上除了最旁边挂满了白白的床单被套外,其余的诸多地方很快挂上了我们的各式"装备":除了衣裤,还有头盔、手套、护膝、魔术巾、袜子、鞋、鞋垫、雨衣、防雨罩,真是应有尽有呀。

　　从连日的骑行中得到这样空闲的一天,是应该彻彻底底地放松一下。我干脆找来一个凳子,放在阳台上,然后再把随带的自行车音响放在一旁。坐在天台上,听着悠扬的音乐，望着对面空空如也的兵站和它背后郁郁葱葱的山林，真是惬意极了！高原的阳光将特有的热情倾泻在身上，悦耳的音乐响在耳边，整个人都在歌声中慢慢飞扬。平日里处于紧张状态的肌肉彻底松弛下来，只感觉到一股暖洋洋的味道。

军营周围都是陡峭山岭，山岭的雪线下面全是密密麻麻的松树，高寒地区的树又细又直。我想如果自己在这里服役的话，没事干，可能经常会去爬山。忽然看见老范拿了他的单反朝着天台的远端走去，就问道："老范，这天台有啥可拍的呀？"老范答："你没有看见吗？那边的雪山很漂亮！"我一听，立马来了兴趣。过去看了看，果真，远处还真有一大片雪山露着头，其间一峰独耸，而其他群峰则连成片，这可比另外一边的雪山壮观多了。正想着这儿的雪山真是抬头可得，又听旁边有人说道："快来这边，这儿的雪山更美！""不会吧，居然有这么多雪山！"我心里这样想着，忙跑去看。那雪山更近了，而且体积庞大，就坐落在酒店后面的青山之上，巨大的山体横亘在眼前，白雪在阳光的直射下闪闪发亮，雪线清清楚楚，雪线之上白雪皑皑，之下则青林可见。这儿，还真是雪山的家乡。不一会儿，我们又在另一侧发现了雪山，虽然有点远，但仍清晰可见。站在这样的天台上，前一秒还在享受阳光的温暖和舒适，后一秒就发现自己居然就这样被雪峰所包围，真是巨大的惊喜呀！

待在这样的天台上，简直就是一种幸福！昨日从然乌过来，一路风景虽好，但雪山始终隐在群山之上、云雾之后，仅仅露出一些轮廓，就已经让人遐想万分。而今天拨云见日，晴空万里，透蓝如洗，雪峰群现，有阳光，有音乐，有休闲的心情，有放松的懒散。

再没有人提换住处的事情，这个以25元入住的屋顶天台，可能房间没有楼下的舒适，也没有独立的卫生间和Wi-Fi，但给予的东西实在是太多太枚了！

今天，与小周、老范商量了搭车的事情。骑行这么多天，已经完全进入状态，虽

遇见风景 遇见自己

无处不在的雪山

然辛苦但体力完全没有问题。两位队友想家了，相比老范，小周的想法更加强烈。毕竟还是小年轻，离开家时间稍长，就想老婆孩子了。这些天我们多次谈到搭车这个话题。一开始，我是极力反对的。说得多了，我的立场也渐渐动摇。今天是骑行过程中极为休闲与放松的一天，这阳光普照、云淡风轻的时光，人的兴奋也从感性过渡到了理性。我思来想去，决定尊重他们的意见，早些结束旅程。根据"攻略"记载，接下来的行程还剩下色季拉山和米拉山两个垭口是不能错过的，我们计划把难度不大的从八一到松多约210公里上行海拔1000米的行程省掉，骑行到八一后立即搭车前往松多，这样可以节省两天时间，顺利的话10月1日到拉萨，2日休整，3日就可以回家了。

屋顶的天台

遇见风景 遇见自己

唉，计划是商定下来了，可我还是对这个骑与不骑的问题感到纠结。

在原先的想法中，完整地完成从丽江到拉萨的骑行，是我最初也是最大的目标。甚至在最开始的时候，潜意识里就有"绝不搭车、绝不放弃"的念头，就是这念头一直支撑着我克服各种困难——体力的疲惫，伤痛的困扰，状态的低迷等等。搭车，我总是固执地认为，对于"骑行滇藏"这四个字而言，是"1"与"0"的差别。我不知道，自己顽固与执拗的性格里是不是有刻意追寻完美的成分。刚开始，每每提到搭车的话题，我总是不由得火冒三丈。后来，在路上时我总会问自己："是不是自己太追求完美了？"自从在奔子栏见到有骑友放弃骑行转而搭车，一路上不断见到顶着山地车的中巴一闪而过，在觉巴山，在东达山，在安久拉山等很多地方。的确，完整地完成骑行，确实是一件很完美的事情，但是不是就一定很重要呢？我一时半会儿找不到答案。一路上，虽说骑行的大部分时间我们都分散在队列的前后，有时甚至要隔上好几公里的距离，只有休息的时候才相处在一起，但我们始终是一个团队。我们这个小团队合作得很愉快，有问题大家一起面对，有困难大家相互支持，有快乐大家共同分享。所以，随着骑行的继续，我也慢慢地在接受，在改变自己，为了大家的合作，我觉得应该适当地放弃。"满则溢"，也许"不完美"才是最理想的结果。

当初同意大家的意见做出搭车这个决定时，心里还是比较纠结，但随着时间的推移，我想，在完美与不完美之外，快乐才是最重要的，有了此行的快乐，夫复何求！而且，出行已久，确实有些想家了。

**9月28日** 波密—麦通

# 峡谷温泉

波密至通麦一线仍延续然乌至波密的风格。

安久拉山朝八宿的一边气候寒冷，植被稀缺，色彩单调；而山的这一边虽然海拔并未降低很多，但空气中已增添了温热湿润的气息，雪山、碧水，尤其是秋意尽染的密林，这些都让我感到惬意与熟悉。这样截然不同的地貌应该是印度洋的暖流顺着河谷穿行而上，将温暖与降雨带到这片区域，但又受安久拉一脉的高山相阻，才形成了与山那边完全不同的地貌特征。

雪山、冰川扎堆似的集中在这里，行于路上，抬眼一望，就会发现雪峰已不经意地出现在身旁不远的山上，而且雪线很低，好像伸手可及。雪坡上的冰凌，在透蓝的天空下，锋芒毕露。

道路沿着宽阔的河谷向前延伸，这里已不再是从然乌出来时的狭窄地形，而是非常开阔的山谷。除了不时出现在眼前的帕隆藏布江，两岸多是茂密的丛林，彩色屋顶的藏房村舍，不时从林中冒出头来。如果不是眼前的雪山，我还以为自己是穿行于东南亚的某个热带雨林中。

山中晨雾

遇 见 风 景　　遇 见 自 己

雪山

前面出现了一段涉水路。所谓涉水路，是骑行攻略上的叫法，即被积水或流水覆盖住的路段。一路上我一直都在防备着水流冲垮道路、要涉水而行的情况。骑行这么久，今天到了这里，算是真正碰到涉水路段了。

由雪山融水形成的急流覆盖了很宽的一段公路，水看着不太深，旁边除了一个高高的坝外没有其他的路。小周爬到坝上看了看，向我们做了个手势，表示没法通行。一行人站在水边，一下子也没个周全的办法。此时，身边一辆浙A牌照的黑色奔驰越野车"咻"地一下冲了过去，溅起一大摊水花。我想了想，仗着自己穿着防水户外鞋，想来水不会太深，便急急地冲了进去。这一下真是冲动，而冲动的确是魔鬼！车轮驶入急流之后，很快就卷起了很大的水花，顺着车轮逆时针的转动，晶莹透亮的水花很快就形成了一道水流，朝着我的身体席卷而来。冰凉的雪水很快顺着裤管从脚脖子灌了进来，让我很快将脑海中的思路转到摆脱现实问题上来。没一会儿，鞋子里就装满了水，冰冷刺骨。唉，没有法子，但人已在涉水路的中央，无处搁脚,也只能硬着头皮一路骑过去。湿身的教训算是给队友们好好上了一课,这俩家伙有了我的前车之鉴,就脱掉鞋光脚骑过来,冷是冷,但鞋子总归是干燥的。"上岸"后,我忙不迭地在一处路基上脱鞋、脱袜、晾脚。抓起装满水的鞋子,一倒,好家伙,"哗哗哗"地涌出一大摊冰水。坐在路基上,光着脚,看着湿透了的鞋,心里一阵苦笑。脚上的水倒是可以擦干,可鞋子哪能一下子晒干。不一会儿,小周和老范慢悠悠地推车过来。一看我这模样,小周从包里掏出他带的备用鞋,我俩尺码正好相当,这可真解了大围。晾了一会脚后,重新换上干爽的运动鞋,我又充满斗志,继续前行。两只湿透的鞋就被我挂在车后部的行李架上,也不知何时能晒干。

未行多远,在一段标着"急下坡,注意缓行"的林间公路上,我们又遇见了刚才疾驰而过的黑色大奔。此时,它已经完全成了另一副模样,车头已经撞裂,车盖隆起,车门打开着,似乎气囊已经弹了出来,刚才急驶而过时不屑一顾的神气已消失不见了。两个年轻人站在一旁,打着电话,此时路上并没有其他受损车辆,大概是他们撞到了路边的山石,还好人没事。看见他们人没有受伤,我们也就没有停留,继续我们下坡的肆意。车子肯定没法很快修好,不知道他们的旅程是否还会继续。

骑行于此,湿润的气候让人觉得分外舒适,与然乌和波密不同,那条路上是峡谷激流,而今天这段路沿线则是开阔的河谷。可以看出,这里是个宜居之地,仿佛为了证明我的话是对的,路边出现了一块指示牌"嘎朗王宫遗址"。

嘎朗王朝,历史上又称为"雪峰王朝",是西藏古老的王朝,与松赞干布所建的吐蕃王朝同源同宗,却一直保持独立。王朝建都之地,便是我们路过的遗址所在之处,已因战乱而毁。可惜,我当时并未停下车,只是从一旁急驶而过,只能留待下次再来寻访。

后来,在邦达遇上的福建驴友路过时去了遗址,刚好有本地藏族朋友在过林卡,大家搭起帐篷唱起歌,好不快乐!相比之下,我们只是"在路上"。

从波密出来,一路上自然环境可谓绝佳。这儿有阳光森林、碧水蓝天、雪山草地,温暖的气候再加上怡人的风光。

　　雅致、闲散的休闲骑行持续了大半日,前面又到了凶险之地——通麦,号称川藏公路的"咽喉",是318国道南线前往拉萨的必经之路。不过,这"必经"二字值得商榷,因为这一路走来,基本只有一条主干道。若通麦是必经,那各处都是"必经"了。通麦,对318南线的旅行者而言,知名度无疑是最高的。不管是自驾者、骑行者,还是徒步者,都管这儿叫通麦天险,"通麦"与"天险"两个词语是连在一起的。因为这一段十多公里的路,沿峡谷而行,是中国最典型的泥石流区,路况凶险,号称每日必有塌方。

　　通麦是个小镇,险路在其前方不远处。过通麦镇不久,路况开始变得很差。前一段时间,通麦桥梁垮塌而导致交通中断的事情在中央电视台也播出了,为此我还曾担心会影响行程。还好我们到的时候,便桥已经修通,崭新但有些凌乱的便桥前,汽车排成了长队。排队过桥在通麦是司空见惯之事,看得出来大家都很淡定。桥

行进路上

遇见风景　遇见自己

"天险"自桥开始

一座有历史的桥

很窄，是一车道宽的临时吊桥，车堵得很厉害。感谢武警让我们享受了非机动车的优待，第一时间就被许可通过大桥。

"天险"自桥开始，随着我们的前行，"天险"展现了更多闻名于世的面目。

到了对岸，我们对"天险"二字有了更深刻的认识——骑行正式开启烂路模式。路是在山崖陡壁上辟出来的，沿着山崖向前延伸，套用鲁迅的话说：这儿本没有路，只是走的人多了，也就从山崖上开辟了一段路。但这与香格里拉往奔子栏骑行时我们所经过的那条山间劈开的路不同。那是一条崭新的柏油路，路边都是修建得很牢固的路基。按理说，通麦的路段经过多年的维修，再不济也应该有个路的样子。但显然，眼前的情况并非如此。

说是路，莫若说是工地更加准确。路一边临崖，一边靠山。

临崖的一边，部分路段用石块简单地做了个隔离，更长的部分没有任何阻拦，很是危险，偶尔还可以看见以前滑落下去的汽车残骸。靠山的一面看不出永久的路基。也许这里滑坡太活跃，根本没法建设路基。路面坑坑洼洼，部分路段布满了泥浆，还好只有一小段，如果下过雨，那整条路就全然是一种最彻底的折磨了。当然我们现在经受的也是折磨，只是少了泥浆，情况要好很多。山崖很陡，路也不宽，有些狭窄的地方仅容一辆汽车通过，更险的是，碰上山崖转角处，路随之呈九十度拐弯，若两边来车在此时相遇的话，必然要有一边的车倒回去让路。

路窄就必然堵。这里可不分机动车道、非机动车道，逢到路堵要骑车通过，只能见机行事了。怎么个堵法呢？若是前方有车，我们就得跟在车屁股后面，若是车一停，就意味着堵车，或是两边有车要交会，此时我们就得在汽车通过之前赶紧跑着把车推过去，否则被堵住了就得等上很久。因为路窄得只够一辆车通行，即便可两车并行，那也没有多余的空间，一车靠山，一车临崖，绝计是没有地方留给我们这些非机动车的。在很多稍宽点的地方，大货车就几乎擦着我们的身子通过。平时是骑行累，今天跑着推车就消耗了大量体力。

苦中作乐是我们骑行者的传统。烂路中通行虽然很费力，但还是有乐子可寻，路越烂就越适合越野，山地车就是用来越野的嘛。在这里，我好好感受了山地车的越野性能。在满是坑洼的路上，注意力必须高度集中，眼睛时刻盯住前面的大小坑洼，脑袋中快速规划好行进路线，手要牢牢把好车头，身体前倾，屁股抬起。此时，虽说车速不快，一旦前车轮陷进坑里停滞，后车轮就会保持原有速度腾空而起。而后轮陷入坑中的停滞，也会使前轮以惯性跃起。就这样，我弓背握把，踩在踏板上，感觉自行车不断地跳跃，车的前叉减震功能得到了充分发挥，然而手掌震得发麻自是不用说。以前在电视上看过摩托车越野，隔着屏幕觉得也不过如此——一路跳跃。今天在这样的烂路上骑着山地车跳跃，还真能体会其中的滋味。

此时的骑行，已经算不上骑车了，简直成了一种人车合一的舞蹈。每个人都是如此，只是不知他们有没有像我一样享受这个过程。小黑年轻活跃，居然把车链条给踩断了。哈哈，报应呀！昨天在波密休整的时候，老何（在领先我们约30公里的地方）发来微信，说他在玩林道的时候把链条给弄断了，向我们求助。当时小黑还好好地嘲弄了他一把。风水轮流转，今天就轮到他了。话说回来，这链条断了还真是很麻烦的事，可不像补胎充气那样简单。川藏与滇藏骑行"攻略"上都记载着，截链器（修链条专用，体积不大，但很有分量）属于建议不携带的装备，因为几乎不大听说骑行滇藏或者川藏线时会把链条踩断，这属于小概率事件。而这小概率却让我们这一小伙人碰上两次，也算是大概率了。

这次，我们都没有带截链器，只好望着小黑一筹莫展的样子，爱莫能助。链条断了，修不好的话，骑行是没法继续了。没办法，我们陪着小黑一起在路旁等后面的骑友，指望运气好，有人带了截链器。过了一阵，还真是没白等，终于有车友带了截链器，我带的尖嘴钳也发挥了很大的作用。一路上，骑友相互帮忙是很自然的

通麦天险

事情,尽管大家都是陌生人,但行于路上,没有人会袖手旁观,这是一种很纯粹的情分。久居城市,人与人之间的陌生与疏离感,使得我加倍珍惜骑行途中得来的这份纯粹。在竹卡的时候,小黑队友小五的刹车皮磨得差不多了,为了安全着想,需要更换。我知晓后,便将自己备用的一对送给他,也没有想过留下备用。

  按照预定计划,我们要骑行到排龙,一个峡谷中的临时落脚点,赶不到或是错过这里,就无处过夜。烂路及修链条耽搁了不少时间,此时离目的地还很远,骑友们加快了前行速度。

  我骑行在最后。这里丛林茂密,一条几乎充斥着沟壑的简易公路在林间曲折延伸。前面的骑友已经不见踪迹,很长的路段只有我一人独自前行。此时,天色灰白,林间寂静,骑在这条密林中的烂路之上,除了车轮压在路面上的摩擦声,听不见其他声音,连鸟鸣和水流声都没有。密林中没有路标,不知自己身在何方,庆幸这里只有"华山一条道",倒也不用担心迷路。眼看着天色渐渐暗下来,我也就无心逍遥,奋力踩着踏板,加快行进速度。总算,在天快擦黑之前,赶到了排龙,一个路边仅寥寥数幢房屋的地方。

  晚上住在排龙大峡谷旅社,20元一个床位,老板打出的广告称可以免费泡温泉,简直让人不可思议。想想在内地,随便一个温泉山庄,不都是好几百元的事情,20元可能吗?在旅社简易的房间木板墙上,有许多骑友的涂鸦留言,称赞这里的免费温泉泡起来是多么舒服,看来确有其事。想当初在盐井时,老何为了泡温泉特意多骑了约10公里路住进了盐井的温泉宾馆,那可是花了三百大洋呀。

  晚餐后,我们仨同小黑及小五打着手电筒去泡温泉,据老板娘说也就几百米路。路正在修,实在是太烂,满是泥泞。一旁的筑路工人还在连夜施工,路边一台利用山间急瀑水位差安置的简易发电机,发出巨大的轰鸣声。走了半天,除了烂泥和路两边黑漆漆的密林,哪有什么温泉,颇有上当之感。正寻思着打道回府,就看见老板开着辆货车迎面过来,见了我们便停下来。车上乘着几位显然是一道住下

遇见风景 遇见自己

的骑友,老板说送完客人后再返回来接我们。免费泡温泉还有车接送,真是令人难以置信!又在路边等了半天,就是没见车的影子,实在是等不了正要回去的时候,车还真来了,只是给我们的只能是后车厢,两排座的驾驶室挤满了昆明团队的骑友。

在这深山峡谷黑灯瞎火的烂路上,把我们载上后,老板开始风驰电掣。

站在敞开的后车厢上,我不得不用力抓住车扶手,否则真担心会被颠到哪个黑暗角落去。路真远,远远不止几百米。这老板娘是什么距离感呀,我不禁暗骂一声,如果不是有车来接送我们,这得走到什么时候啊?!

深夜的峡谷很安静,只有汽车的轰鸣声在山谷间回荡。车子射出两道泛黄的灯光,但射不了太远。在灯光照亮的范围内,只有坑洼的土路,而周围的一切,仍被黑暗所吞噬。白日里所见的森林、峡谷和路都隐藏了起来,唯有汽车行过的这区域让我感到安全。

刚硬冰凉的扶手传来一股震颤,我感觉到百无聊赖,不禁有些后悔,干吗半夜

途中小憩——扛着鞋的车

遇见风景 遇见自己

跑到这鸟不拉屎的深山里泡温泉,还不如早点睡觉去。

不过,一个不经意的动作,让我的态度来了个一百八十度大转弯,我抬起头,看了一下头顶。就是那么一瞬间,心中不由得涌起一阵欣喜。

就在我们头顶,繁星满天,一条清晰分明的银河刚好顺着峡谷的方向贯穿整个夜空。已经很久没有见过这样的星空了,记忆中只有小时候坐在爸爸的自行车上,才看见过。城市中明亮的霓虹灯已让这片星空与我们隔绝很多年。北斗七星、牛郎星、织女星、牛郎星旁边的两颗小星星……还有好多叫不出名字的星星,看着这漫天的星辰,只觉得自己太无知,天文知识太贫乏了。这么灿烂的夜空中,群星璀璨夺目,真想好好分辨,哪是猎户,哪是摩羯,哪是射手,哪是金牛!似乎人都被头顶的这片星空所控制,几乎要忘记前行的目的了,只是希望能在这片星空下多待一会儿。

车在路边停下,老板说温泉在下边。站在车旁,周围仍是一片漆黑。举起手中的强光电筒向远处照去,灯光很快消失在前方的黑暗中,哪有半点建筑的影子。老板带头找了条小道,朝着峡谷下方走去,我们一行人紧跟其后。

路又窄又小,就是普通的山间小道。下行的路很陡,还好大多数人都携带着手电筒,否则这夜半时分的下山路,危险系数得高出不少。行了好一阵子,感觉下了不少海拔,因为已经可以清晰地听见轰鸣的流水声,可以判断出我们快接近峡谷底端了。"这温泉到底在哪儿呀?"心中正疑惑时,忽地听到前方有声音传来:"到了,到了。"

再前行几步,转过一个弯,便下行到一个简陋的小木屋。夜行了这么久,总算见到了一个人工的建筑,居然有一些亲切感。

温泉在木屋的前方。穿过木屋的小走廊,就见到前方有一个长方形的露天水池,池子上方有一根白色的小水管,水就不断沿着水管流入水池。这儿有盏灯,也不知老板从哪儿接过来的电。池子不大,十五到二十平方米的样子,也许更小些,但容纳我们这群人倒是绰绰有余了。池子靠外的一侧,未及两三米便隐约可见奔流的江水。

  这就是我们要泡的温泉,未经任何处理的天然温泉。此时人群当中,还有一位女骑友,也就是昆明队那位小姑娘。这里可没有准备泳衣、泳裤,于是大家毫不客气地把她请开,争先恐后地在池边脱光衣服,赤条条地下到池中。水微烫,但很快就适应了。浸泡在这温热的池子里,全身的毛孔开始打开,白日里不知被汗水浸过多少回的皮肤,此时也完全松弛了下来。肌肉、骨骼,此时都被这热度感染到,也许用"通体舒泰"来形容更为准确。我们几人靠在池边,惬意地享受温泉带来的舒适,不远处则是帕隆藏布江,它同我们一道,从然乌湖而来。奔腾的江水在一旁毫不停歇地咆哮、旋转,仿佛在演奏一曲充满激昂色彩的交响乐。我真有些同情那位昆明的女骑友,无缘这么神奇的享受,太可惜了!

  这个寒冷的夜,泡着温热的天然泉水,头顶是闪烁的银河星辰,四周是黑暗无边的深山老林,身边是充满着野性力量的大江。听着江水的呼啸,望着满天的星辰,这感觉真是太不可思议了。

## 9月29日 达鲁朗—八一
## 放慢节奏

今天是骑行路上最轻松的一天。

昨晚泡的温泉效果甚好，睡得极沉，屋内的其余五位不知有没有被我的呼噜声影响到。

一大早起来，伸伸懒腰，本不错的心情却一下子被雨浇灭了。如果不下雨，我还有个计划，希望能一下子冲刺到八一，也就是130公里不到的路程，在计划之中，我们准备分两天骑完的。我计算过，如果早晨七点多出发，上山56公里，争取能在下午2点左右到达鲁朗，然后再花四到五个小时爬坡25公里后登上色季拉山垭口，最后一路下坡赶50公里于晚上10点左右到达八一。尽管在波密时同意了队友们搭车的决定，可我总有些不甘心，还是想挑战自己，同时试试能否通过赶时间完整地骑完这趟旅程——想骑完全程的心理呀！下着雨，骑行难度增加了很多，这个想法就这样被雨水浇灭了。

一路骑行过来，基本每天都达到了既定目标。翻越高山垭口，踏过漫漫征程，从丽江一路踩着踏板来到这里。骑着骑着，也会思考为什么一定要选择这样的方式，是不是只有一路骑到拉萨才有意义，才能证明什么？但一直不是太明白。开始的时候，这种想法在脑海里很强烈，但随着这一路过来，无论多辛苦的骑行都熬过去了，无论多严酷的风雨都扛过去了，上千公里的旅程也一脚一脚地踩过去了，如果是为了证明自己，那么应该足够了，能有这样一次体会，也足够了。按照我们在波密商定的，到了八一就搭车前往米拉山口前的最后一站，搭车距离约210公里，省去两天的行程。

遇见风景 遇见自己

既然放弃了冲刺,那么今天只要上行56公里到鲁朗,心里一点负担都没有,完全是一次最放松的骑行。虽说是一路的上坡,但总的想法是慢慢走,慢慢爬,有时间就多观观景,毕竟骑行已经进入倒计时。

用完早餐,再次出发的时候,雨已经停了。继续延续昨天的烂路,继续坑洼路段的山地舞蹈。可别说,路况很烂,但真的很适合山地车骑行。有了昨天的经验,今天骑起来,很容易就进入了状态。把好车头,抬起屁股,在坑坑洼洼的跳跃间,原本很沉重的货架居然变得很轻盈,有点回到了当初背着户外包跟随伙伴们在溪涧中穿越的感觉,真是人与车合为一体。也许是因为清早骑行,体力充沛,今天的越野感受比昨天要好多了。

风景依旧很好,帕隆藏布江在脚下呼啸奔腾,咆哮穿行于山野之间。江水清碧,在一水面宽阔处,本来湍急奔放的江水忽然变得温顺婉约,轻抚过浅浅的岩滩,绿意葱茏,让人很想挽起裤腿,在其中肆意畅快一番。不过,想到江水冰冷,我们也只能站在岸边的公路上想想罢了。望着这浅浅的绿水,恍惚间我感觉此景应该是在浙南的楠溪江,或是浙北的新安江,这本属江南的美景,怎么移到了这儿?行于山谷间,两旁的大山依旧高耸,山顶处轻云缭绕,看起来非常养眼。出发后未行多久,便路过昨天夜半泡温泉处,峡谷底的木屋、池子均被突兀的山石挡住,唯一的痕迹是路边一条很不起眼的下坡小道,不禁多看了两眼,昨晚的惬意今已成梦。

烂路骑行过七八公里后,终于眼前一亮,一段平整的水泥路面出现在前方,不由地大叫起来。

没过多久,便进入色季拉国家森林公园。色季拉,果真是"色"字当头呀,这里延续了然乌、波密一路过来的绿意,但又有区别。然乌、波密的绿在于林深木密、多姿多彩,绚烂的色彩把秋的感觉展示得淋漓尽致。而这里的绿,只有青山绿水,山是青的,水是绿的。山到高处,却没了巍峨挺拔,倒是多了几分清秀,再加上浮云翩翩,带有几分江南山林的秀丽。行至国家公园的深处,又见着绿树藤蔓缠绕,松萝

|遇|见|风|景| |遇|见|自|己|

森林公园沿途

挂在树枝上丝须缥缈。一般而言,只有负氧离子含量极高的区域才会有这样的景观,不禁深吸几口气,可不能浪费资源。这里的树木枝干粗壮、高大挺拔,一看便知是多年的老树。每每望见这些要数人才能合抱的树干,我总会想,它到底在这守望了多少年呀?

虽说这儿是色季拉山,但应该已经在鲁朗的范围了。"攻略"上载明,这儿被誉为川藏线最具瑞士风光之所在。登至高处,眼前地势豁然开阔平坦,突然出现一块天然高山牧场。几间低矮的棚屋稀疏地分布在一旁,牛羊随意地散布在山坡的草场上,远处是依稀的雪山。这和电视杂志上看到的阿尔卑斯风光差不多,如果不是眼前随风飘扬的经幡,还真可以把这儿当作瑞士。我还没去过欧洲,先在这里见习见习吧。

一路上,我们刻意放慢骑行的节奏,处于一种很缓慢很缓慢的状态。在觉巴山、东达山时我也有过这种慢的状态,但那都是被动的,像今天这样还是第一次。不停地休息,不断地停顿,似乎总担心自己骑得太快而错过了沿途的风景。

休息时,见到赶超我们的其他骑友,便大声冲着他们叫道:"兄弟,别急,悠着点!"

骑行到"4157"后,我们没找到"攻略"上记载的鲁朗镇。这里正在修路搞建设,一副乱糟糟的样子,看上去一点也不像一个小镇的模样——除了远处的村庄,没看到任何建筑。让人颇感奇怪,再怎么修路,整整一个小镇也不会不翼而飞呀。向前继续骑行3公里到了"4160",看见打前阵的昆明团队后勤车,他们说小镇还在前面一公里的地方,而且也是到处都在搞建设。一听如此,我们索性就地停下,入住一旁的卓玛家庭旅馆,60元一个标间,床虽小,但被褥非常干净整洁,让人舒心。

进旅馆的时候,老板娘说有太阳能热水器,能提供热水。这真是一个十分诱人的条件,能痛快地洗个热水澡,这种感觉真是太好了!

洗澡是长途骑行中的一件大事,也是一件难事。经过一整天的骑行,身上的汗水不知将衣服浸透了几遍，更不用说满头满脸的风尘。骑行中，睡觉只是休息，只要是个有屋顶的房，有张床，就能解决需求。但洗澡是件比较麻烦的事情，尤其是当连续几日入住的旅社条件不好无法提供热水淋浴时，浑身可不舒服了。

虽说昨天才泡过温泉，可热水澡还是不可错过的。浴室在走廊的尽头，把行李放下之后，小周就急不可耐地抢先一步冲进浴室。没过多久就看见他回来了，这家伙动作也未免太快了吧。我也没想太多，穿条短裤，就跑进浴室。屋子里很冷，一股凉意"咻"地向全身袭来。赶忙伸手拧动开关，把热水打开，水量不大，热度倒是有一点。虽说凉，估计待会儿洗的时间一长，就会暖和了。可是洗了好一会儿，冲到身上的水还是只有一丁点热度，除此之外居然还有冷风吹在身上。实在是冷啊！不禁一边加快速度，一边大叫，妄图抵消一些寒意。这大叫不能说是鬼哭，但在旅馆的回廊里四处飘荡着，也算是狼嚎了。还好这儿只有我们仨！边叫边四处打量一番，发现靠墙的四块大玻璃居然有一块不见了，难怪一直被冷风飕飕地吹着。这可是海拔3300米的地方，少了块大玻璃的浴室几乎算得上是半露天的环境，光着身子洗澡冻出感冒来可不是小事。可光都光了，水也洒下来了，连沐浴露也涂上了，只能急急冲完擦干了事，然后冲回房间裹上两层被子。刚刚盖上被子的时候，冰冷的身体还是忍不住打着寒战。隔了好一会儿，被子的温暖才驱散了身上的寒气。为了以防万一，赶紧从包里翻出感冒药，加水兑服。唉，没想到这个澡洗得如此狼狈！

忙完这些,我想了想,不知小周这家伙状况如何,于是,跑到隔壁房间问小周。这家伙倒好,洗的时候就只感觉冷,也没太在意,压根就没注意到一大块玻璃没了。精明的老范,听到我大叫,立马放弃了洗澡的念头。

晚餐是有名的鲁朗石锅鸡,很久没遇到这样的大餐了。一路行来,还没有放开肚子大吃过一顿,对这佳肴真是满怀期待呀。尝过之后,觉得鸡汤的味道远胜鸡肉,可能石锅鸡名声太响,期望太高,与实际还是有一定的落差,或者运气不好,没尝到正宗的味道。不过,大餐之后,肚子里暖洋洋的,这就够啦。三人200多元的晚餐,算是我们这一路很奢侈的一次消费了。

鲁朗石锅鸡,是318国道上必尝的一道佳品,走过路过千万不能错过。鲁朗石锅,其实就是墨脱石锅。墨脱石锅是用一种叫作"皂石"的云母石砍凿而成的,而这种石头仅产于墨脱,要靠背夫从墨脱把原始石材背出来,再由人用整块石材手工精心凿制,加工时下手力道要均匀,一旦心急,皂石就会被凿穿,所以这种石锅售价也非常昂贵。墨绿色的云母石锅,保温性特别好,而且据说富含镁、铁等17种微量元素。再说这鸡,是本地产的藏香鸡。藏香鸡生长在海拔3200米至4000多米的高原上,处在高寒、低压、缺氧的状态下,加上半野生放养,肉质十分细嫩、紧实,在锅里久煮不老,也不脱骨,和家养鸡比起来,高蛋白,低脂肪,高能量,是老少皆宜的美味佳肴。鲁朗石锅鸡,以墨脱云母石锅为烹煮器皿,以藏香鸡为主料,辅以手掌参、天麻等四五种药材,用慢火炖制,鸡肉嫩而有弹性,汤中还有一股淡淡的药香。

我一直觉得行走四方,美食就像风景,也是不能错过的佳品。风景可能记载了自然世界的沧桑变化,而美食却是当地人文、物产与时间的完美结合。

从每日骑行的快节奏转换成慢悠悠的状态,纯粹地观景和聊天,相互开着玩笑,这悠闲的骑行真令人享受!其实现实中也是如此,当我们整天习惯于快节奏的生活,按部就班地工作和休息,忽地慢下来,以一种散漫的心情看周遭的一切,无论工作还是生活,都会获得不一样的感受。

## 9月30日 色季拉山
### 肆意飞翔

全天的计划是翻越色季拉山,到八一后搭车至松多,准备最后一天的行程。

从海拔3285米的鲁朗,到海拔4720米的色季拉山垭口,上行约1000米海拔,行程25公里。开始骑行的时候,速度很快,不知道是因为激动还是昨晚的鸡汤太过营养,最初七到九公里没有做太多的停顿。骑了一阵,到前方不多的行程,索性放慢了骑行节奏,开着玩笑,一路看着风景,再次进入昨天那种休闲骑行的状态。

在半山腰观景台上休整时,驾车的观光客们看到我们,很感兴趣。骑友们不时地被拉去合影、问个话啥的,让大家都有一点做明星的感觉了。

在一个上坡路段,前方停着一辆贴着《国家地理》考察车标志的越野车。看到《国家地理》的标志我开心极了,立马下车拍照发微信,这可是我最爱的旅游杂志。开车的游客对我的自行车感兴趣,我对他们的车贴充满了好奇。呵呵,我觉得自己是进入了一种自娱自乐的境界。若是在平时,碰上这种场景,最多是多看两眼,而骑行在路上,感觉自己就像个未成年的小孩,很容易就能找到开心的感觉。人活在世上,随着年龄的增长,板起的面孔就不容易放松下来,是什么让我们失去了孩童般的笑脸?我们不仅仅要学会让别人开心,也要学会让自己开心。

离开越野车时,老范和小周已经领先我很远了。不过我也不急,相处这么长时间,我知道他们一定会在前方等我的。继续慢慢骑车,慢慢享受,几乎是以一种闲散的状态爬上垭口的。就连随声听的音乐都理解我此时的心情与状态,耳机里传来的是黄梅戏的乐声。

色季拉垭口是远眺南迦巴瓦的最佳位置。南迦巴瓦,其藏语的意思为"直刺天

遇见风景 遇见自己

空的长矛"，由此可见其气势。这座神秘雄伟的雪域深山，是西藏原始宗教苯教的神山圣地，不轻易以真身示人。此刻，站在垭口上，我们举目向南迦巴瓦的方向眺望，只能遥遥瞧见其一角，大片的山体仍隐于云层深处。没过一会儿，就连那细细的一小片覆着白雪的角，也藏了起来。看来同神仙是无缘了。哦，南迦巴瓦，希望下一次旅行能有机缘，一睹你的风采。

到达垭口，没有以往的兴奋。人有时就是这样，吃尽了苦头登上高山便会激动不已，像这次不紧不慢地爬上来，居然一点兴奋的感觉也没有。未待多久，忽然下起了雪，而且越下越急，温度很快就降了下来。我想，这是不是老天爷在给我们送行，用这漫天的飞雪昭告着我们的行程快接近尾声了，用这高原垭口特有的气候告诉我们要回家了。

下山有些急迫，风呼呼地刮，雪疾疾地下！天气在漫天飞雪中变得刺骨的冷，心中唯一的念头就是尽快骑到低海拔的地方。已经磨破的手套根本无法抵御凛冽的寒风，握着车把的手都快要冻僵了。骑行在前面的老范依旧控制着速度，再急也不能出问题。在第一个休整的地方，我借了小周的维修劳保手套，方才觉得温暖了许多，紧张的神经才放松下来。

往下行了一段，随着海拔降低，温度明显回升，雪也没有了。山谷变得开阔起来，看见一层一层的远山轮廓，我有点回到了以前看山的感觉。这种层次递进、色调渐稀的线条，很像素描，又有点像国画，淡淡几笔，却让人感觉简单而又大气。色季拉山的垭口真是一道植物的分水岭。垭口那边植被丰富，绿意盎然；而这一边却是色彩缤纷，仿佛大自然的调色板。

随着车轮前行，山坡上的色彩开始丰富起来，各色高山植物，没有花，却有着花一样的色彩，花团锦簇般拥在这大片大片的山坡上。车快速沿着下山路前行，风呼呼地在身边飞过，此时耳机里传来的音乐恰到好处——《三天三夜》。在这色彩斑斓的植物世界，仿佛自己就是一只自由快乐的小鸟，乘着山谷的气流，自在畅快

遇 见 风 景　遇 见 自 己

停车休息

车行其间

地飞翔。骑行的快乐莫过于此,是一种发自内心的快乐。尽管是在公路上骑着车,但我觉得此时自己与这彩色的世界是一体的,我能够听到这五颜六色的植物的呼吸,我能够触摸到这苍茫大山的脉搏,我与大山正一起分享着欢乐!公路此时便是穿梭于这缤纷世界的五线谱,我和车便是跳跃的音符,组成了这美丽世界的奏鸣曲 ——《骑行的快乐》。

下山后,一路骑行到八一。八一镇是林芝地区的首府,热闹非凡。多日在山野中穿行,忽然到了一座大城市,看到了繁华的街道、拥挤的车流和人群,还有红绿灯,真有些不太适应的感觉。八一的新城修建得挺不错,只可惜我们没有时间在这停留。按照计划,寻到车站,搭车前往松多,准备明天最后一天的行程。

寻车的过程还是比较顺利。司机师傅将我们的自行车放到汽车的顶部,我们几个则坐在这台中巴车的后部。有两位藏族女教师坐在我们一旁,看见我们这些苦行的旅者,很是热情,给我们吃家中摘来的核桃,还同我们聊了一些西藏人文风

色彩斑斓的色季拉山

遇见风景 遇见自己

情。我由此知道了一路上看到的彩色屋顶是如何分配的,藏族农村的一些习俗,藏族人民对寺庙的信仰,藏传佛教的神秘……唉,这都是我这一路走来错过的。一路骑行,尽管到了西藏,走过了这么多的山山水水,也对西藏有了更进一步的认识,但未曾与藏人有过深入的交流,所看到的仅仅是一些外在的东西,而错过了更多内在的东西。当然这与时间有很大的关系,能够安排这一趟旅程,已属不易,想进一步深入只能留待以后了。两位老师坐在旁边,开着手机音乐,并放声唱着歌,歌声很好听,也让我很是触动。相比之下,我们生活得太过内敛,太过含蓄,我们总是把很多的情感放在心中,总是把很多的真实表情隐藏起来。从歌声中,我能感受到她们的快乐。生活就应该如此,释放心情,释放欢乐!

车到松多,四个小时的车程,令我们疲惫不堪。乘车要比骑车累很多,龟缩于车厢里一个小小的位置上,竟是如此不习惯。在老范预订的骑行旅馆中,大量的自行车排满了大堂和餐厅,这些四处而来的骑友,将在此向拉萨做最后的冲刺。

## 10月1日 米拉山垭口 — 拉萨
## 狂奔拉萨

梦一般的开始，梦一般的结束！

犹如一曲慷慨激昂的交响乐，必以一段激情四射、跌宕起伏的旋律将整篇乐章推向高潮。今日我们将狂奔180公里，翻越沿线最高的垭口——米拉山垭口，直抵拉萨。

米拉山垭口是此行最后一个垭口，也是最高的垭口，海拔5013米。上山路约28公里，上升海拔800至1000米。这组数据，已经不足为奇了。

考虑到今天最好能直接骑到拉萨，我们按计划七点出发，预计十一点左右能够登上垭口，这样便有足够的时间完成下半段的骑行。这是此行出发时间最早的一次，也是最后一次出发。推车走出旅店大门，外面仍夜色深沉，需要打开电筒方能骑行。尽管才七点，但我们几乎是出行最晚的一批，昨天旅店里排得满满的自行车，如今早已寥寥无几。

在最初的八九公里阶段，我处于领先。此时天色逐渐亮了起来，道路旁的山头上，以及目光所及的远处山顶都覆盖着白雪，不是那种常年的积雪，应该是这几日天气变冷刚下的雪。低矮的云层在黎明的晨曦中透出一种浅蓝的色彩，地上铺满了苍黄的牧草，一座座覆着白雪的群山在前方或现或隐，呈现一派初冬的景象。

行了一会儿，我开始落在了后面。骑行的状态不是太好，也许是昨天乘车的缘故，或许因为是行程的最后一天，精神状态已经开始松懈。看到我无力的样子，小周和老范也有些担心，每隔一阵便会停下来等我。时间尚早，地面上累积了一晚的寒气还未消散，加上海拔高，我觉得很冷。早已磨破的手套根本抵挡不住严寒，骑着骑着,手就冻得发麻,连拳头也没法握拢。冻得受不了,使劲追上小周,把他那副修车用的劳保手套再次要了过来,情况才得以改善。在一个进山的路口,两位兄弟已经等了我好一阵。停下来喘了一会儿,体力渐渐恢复,我让他们先走,自己再休息一会儿。但他们就是不肯先行,还是一个劲地让我休息好后一块儿走。经不住他们一再催促,还是一起上路了。骑过一段路后,老范说刚才似乎听见了狼嚎,担心我一人留下会有危险。我其实也听到了叫声,但当时不能确定,现在回头想想,倒真有点后怕。回来后,查阅了一下其他骑友的帖子,确实在这段路上碰见过狼。要是真让自己遇见了,那可真是……

进山后的骑行,我们几乎是每三四公里休息一次。离垭口五六公里的时候,转过一个山口,远处一座非常漂亮的雪山吸引了我们的目光。雪山横卧在前方的转弯处,巨大的山体占满了前方的空间,皑皑白雪几乎覆满了整个山体,只留了较陡峭的小部分露出黝黑的山体。白色的云雾笼罩着山顶,只有云雾上端才透出蔚蓝的天空。这是一次与雪山极近距离的相遇,似乎我们只需再前进几步,便可抵达雪山的怀抱。这突如其来的美景令人兴奋不已。前方的转弯处,已经有好些骑友停下来欣赏,美景是绝不能错过的。

顺着路的转弯,是一条攀缘直上的长上坡,直通一个让人信以为真的假垭口。通过这个地段后再上行2公里,便能到达米拉山垭口。看到假垭口,心中倒是一阵轻松。与以前爬山经过假垭口的抱怨完全不同,现在的我心中充满了感激与淡然。假垭口的抵达,就意味着我们已经顺利完成了今天上行的绝大部分路程,整个滇藏骑行的上坡路还剩下最后两公里多路程。于我而言,这段爬坡骑行是且行且珍惜了。

两位伙伴早已按捺不住内心的兴奋。他们今天的状态很好,骑行的速度很快,一路上为了等我已浪费了不少时间。这最后的几公里爬坡点燃了他们的雄心壮志。我们相约在垭口碰面,两位开始全力向前冲刺。抬眼望去,在通向巨大雪山的公路

遇见风景 遇见自己

垭口之上

上，在红色的公路隔离石与路中央虚线组成的两条极富韵律的曲线旁，骑友们正化为一个个小点，成了雪域高原旋律中的一个个音符。我依然按照自己的节奏骑行，不时地停下来休息，有点像翻越安久拉山时的状态。但那会儿有一些悲壮的成分，而今时的且停且行完全是放松的，没有半点压力。同样是海拔5000米以上的垭口，在东达山时，我可以用冲刺的速度发起最后的猛攻，而在米拉山，我却像一个已经有些颓废的老者，大口大口地喘着气，真是此一时彼一时。

米拉山垭口终于到了。虽说我的速度慢一些，但我们还是比计划提前了约半个小时到达垭口。站在垭口的路边，望着前面起伏的白雪皑皑的群山，心情很激动，说话的声音都有些颤抖。激动的原因是，到了这里便预示着此行已基本结束，连日的骑行终将完成，而我也可以回家了，对回家的渴望从来没有这样强烈过。心里这样想着，嘴里更是不由自主地嘟嘟囔囔："总算到达了，总算可以回家了！"

米拉山垭口，风景宏伟而壮观。眼前那连绵的雪峰，在蔚蓝的天空下，仿若上天给群山披上了一层洁白的哈达。有几只苍鹰就在垭口上空，自在地盘旋翱翔，那张开的双翅，闪烁着黑色的光芒，俨然带着一股自信和高贵的气息。这是它们的家

遇 见 风 景　遇 见 自 己

渐远的骑友

园,而我们都是过客。

因为此地离拉萨城不远,垭口的游客很多,仿若闹市区。一直寂寥地骑行在路上,忽地一下到了人多的地方,有一点点不适应。很多骑友到了这里,都喜欢在垭口标志前,脱掉上衣,裸秀一把,展示肌肉与力量。一路跋涉骑行到此,这种行为艺术算得上是一种宣泄。我也设想过应该在这里好好地表现一把。只是,此时的垭口,已经成了人多拥挤的市民广场。在纷乱的嘈杂声和熙攘的人群中,我无心去找垭口的标志,更无心去展示行为艺术。我只是在观景台的边缘,扶着我的车——这伴我行过这一路的伙伴,看着眼前这连绵起伏的群山,不可抑的激动心情慢慢地平静下来。

苍鹰仍在垭口的高天盘旋,俯冲,再升起。那是一个宁静而淡然的世界,与垭口的喧闹是两种完全不同的所在。站在人群当中的我们,似乎也与热闹的周遭有些格格不入。最后,我将已经湿透的内衣脱下,换上干爽的衣服,整理好行装,与两位队友继续出发,下一个目标——拉萨!

经过日多检查站,我们到达一个小镇。小镇不大,国道318线贯穿其中,成为小

遇见风景 遇见自己

镇仅有的街道。沿街有十几幢藏式民宅,奇怪的是,居然家家户户都挂着牛肉汤馆的招牌。川藏、滇藏沿线经常见的川菜馆,在这里连个影子都没有。注意到这个状况,是因为大家已经饿了,没办法,只好随意找了家牛肉汤馆走了进去。这是一家典型的藏式餐馆,此时早已过了饭点,屋内只有我们这几位。本想点些菜好好吃一顿,没想到老板说只提供牛肉汤和烙饼。没办法,只能入乡随俗,稍稍休息和补充点食物,前方还有很远的路要赶。当店主人将牛肉汤端上来的时候,我简直大吃一惊。汤是用一个金属碗盛的,冒着腾腾的白汽,一股鲜香味扑鼻而来,里面盛满了牛肉丁,一下子就将人的胃口给吊了起来。汤入口后,味道只能用鲜美形容,牛肉很多,切成小丁,咀嚼起来,又嫩又滑,真是鲜香入味。后来旁边来了一桌客人,听他们的对话,似乎是特地从拉萨过来的,看来是慕名而来。这个小镇不长的小街上全开着这种店,应该是早已名声在外吧。只可惜我没能记下小镇的名字。

从早上出发到骑至离墨竹工卡十几公里处,天气一直晴好。骑行的路程虽说长,但感觉还不错。路边的农户忙着收割成熟的青稞,村庄里到处摆放着处理好的草料,丰收的场景让人的心情十分舒畅。休息的时候,我们躺在路边的草地上,晒着太阳聊着不着边际的话题,好不惬意。

骑到距离墨竹工卡十几公里的地方,开始刮起了大风,然后猛地下起了雨,小雨骤然间又变成了大雨,几乎连短暂的过渡都没有。停在路边,我们赶忙换上雨披,没过一会儿,裤子就给打湿了。也怪我这次偷懒,没换上户外的防雨裤。这种天气,想按计划骑行到拉萨,几乎是白日做梦。匆忙间,同队友商量尽量骑到墨竹工卡,到那里休整。又一次顶着强风骑行。开始是大雨,然后是大块的冰雹,肆无忌惮地打在脸上,让人无处躲藏。还好戴了骑行帽,只是脸上被冰雹打得很痛。冰雹下得太急了,不一会儿就在雨披的凹处积起了一小堆。本来已经有些疲惫的骑行,此刻变得更加糟糕。天色开始暗沉,路上过往的车辆都打开了双跳灯。在这风雨中,所能做的只有努力地踩脚踏板,争取能早点到达墨竹工卡。边骑边想,也许这是上天

182

遇 见 风 景  遇 见 自 己

垭口

4500

4600

的再一次考验,我们是在雨天出发,到了这最后一天,大雨又对我们做了一次考察。

离墨竹工卡还有一两公里的时候,天气开始转好,暴雨随着乌云移向更远的地方。水洗过的天空一下子变得澄澈,灿烂的阳光散发着火辣辣的光芒,只有地上厚厚的积水,以及地面散发的湿热,提示着刚才的那场狂风骤雨。因为大雨的耽搁,我们抵达墨竹工卡的时间是四点半左右,比计划的时间晚了半个小时。有另一支骑行的队伍也被大雨阻拦,我们两支队伍碰到一起,在路边召开了一次"战前临时扩大会议",讨论下一步方案。简短讨论的结果是,大家一致决定在路边换上干净的衣服,继续冲。此时离拉萨尚有 70 多公里的距离。

70 多公里,说远不远,说近也不近。上午的上山加下山和平坡的骑行已经有 100 公里左右了,再加上刚才狂风暴雨中的骑行,耗去了不少体力,再行 70 多公里,就得做好夜骑的准备。按照时间推算,我们预计晚上 9 点钟到达目的地,这样明天就可以好好安排了。

这一路基本上是平路骑行,路面起伏不大,但路上车辆很多。路边种植着很多白杨,秋日的白杨树,笔直的树干立在路的两旁,叶子已经泛黄,一路都是黄灿灿的色彩,很有味道。听人说,这些白杨,都是昔日远道而来拉萨的先行者们种下的。前人种树,后人观景。骑在公路上,可以看见远处拉萨河的河床上,有整片整片的白杨,秋日的金黄夹杂着青绿的点缀。今天是 10 月 1 日,国庆长假的开始,在路边的白杨林里,随处可见停留的车辆。人们或围坐于林间的草地上,或徜徉于密林深处,这是多么惬意呀。我真想加入他们,哪怕只是在这林子里感受一下秋日的气息。只可惜时间太紧,没法停留,还要集中精力完成这最后 70 多公里的进击。

越近拉萨,河谷越宽。天空映着深深的蓝,河水泛起幽幽的绿,树林亮出脆脆的黄,天、水、林,构成了一幅醉人的美景。阳光透过树杈,树影婆娑,拉萨河的风光就这样毫不掩饰地展露在我们面前。公路沿着河湾一环一环地向拉萨延伸,我们也随着车轮一圈一圈地绕过一道又一道河湾。

遇　见　风　景　　遇　见　自　己

　　距离拉萨还有二三十公里时，我的左肩开始疼起来。因为骑行太久，肩膀又有伤，颠簸的路震得肩关节的伤处有了反应。现在是 10 月 1 日，而我在 6 月初为了这次骑行顺利，特意在肩膀动了个小手术。这一路骑来还算正常，没想到在这最后关头，肩伤还是复发了。我试着把脑袋侧向左边，才稍稍感觉好些，骑行速度又慢了下来。两位朋友见此，询问我是不是需要找个店落脚，明天再继续。骑行已经是"临门一脚"了，我想还是咬咬牙再坚持一下吧。在距离拉萨不到 10 公里的时候，天已经完全黑了下来，路边的里程碑已经看不见了。路上的车开始拥挤起来，而且越靠近城区，大车小车就越多，几乎堵了一路，我们只能靠着路边剩下的一点点空隙骑行。

　　当到达进拉萨城的大桥时，已经是晚上八点多了。站在桥边，遥见河对面便是有着红绿灯路口的现代化城市。在这城市的中央，依稀装饰着彩灯的布达拉宫远远地坐落在山峰上。这就是我们奔忙一路的终点。看着它，心中有种说不出的滋味。驶入城中，再次进入车水马龙的街道，当看见路标上明确标着到布达拉宫的距离时，真有些不敢相信骑行就这样接近尾声了。每日周而复始的骑行将不再继续，任务成功完成的喜悦与骑行结束的失落互相交杂，一种复杂的心绪涌上心头。

拉萨河边的白杨林

## 尾声
## 拉萨不是终点

身在拉萨,真实却又恍惚。

骑行路上,习惯了与山为伴,逐水而行,虽然辛苦,但是自由畅快。而今忽地来个急刹,尤其是昨日疾驰180公里之后,骤然落幕。那首已经到了高潮旋律的交响乐,猛地一个休止,诸乐沉寂,而余音绕梁,让已深陷其中的听众不能自拔。

国庆假期的拉萨街头,就是一个闹市。大红的标语,鲜艳的国旗,夺目耀眼;路上行人熙熙攘攘,大车小车川流不息;路边商铺鳞次栉比,各式招牌琳琅满目。街道纵横交错,道口红绿灯交相闪烁,尽管人多车多,但交通井然有序。城市热闹繁华,商业气氛浓厚,倘若不是身着藏式袍服的藏民穿梭其间,还真辨别不出这是一个藏区都市。

很多年前,我曾经从成都直飞拉萨。只要两个余小时的航程,便能完成我这二十余日奔波的成果。那时的拉萨,只是一个围绕布达拉宫延绵开来的小城。如今,这红白两色的宫殿仍高耸于城市中心的山丘之上,一如以往。一副即使世道变迁,亦与我无关的模样。这山下的城市,管你繁华也好,落寞也罢,我就是我,是一块立于俗世,却红尘不染的佛教净土。

离假期结束还有好些天,若放在平时,好不容易到了这个让不少人向往的高原之城,是一定要在周边好好转悠转悠的。但此时,我们仨已经无心停留,满脑子想的就是"离开,回家"。

抵达拉萨后的第二天,将单车打包托运,在餐馆好好犒劳犒劳自己,剩下来的便是消磨时间,等待离开。返程的计划是我和小周搭乘去成都的第一个航班转机回宁波,老范选择坐青藏铁路到兰州后,再换车前往青岛。

第三天黎明时分,拉萨居然下起了雨,就像我们抵达丽江的时候。老天爷给了我们一个前后呼应的开始与结束,我没有料到会有这样的巧合。只是下雨,多少给了人一些伤感的情绪。

隔着朦胧的车窗,望着外面黑漆漆的、点缀着昏黄灯光的城市,有一种说不出来的感觉。是不舍?是遗憾?还是因为那个匆匆赶来,与我们道别的老范?

回来后的几年,我策划过两次长途骑行,但总是因或这或那的原因而被搁置。这趟以拉萨为目标,时隔三年,分为两段完成的长途骑行,如烙印般深深地刻在我的脑海中。尽管已过去多年,每每提及,往日情景便如电影镜头般在眼前显现。前往拉萨的骑行是一场触及我灵魂深处的行走,只是在当时,我沉浸于坚持与激情,并没有人深的感触。可理解一样事物确头像品酒一样,时间久了,品尝的味道更加

布达拉宫

浓郁和丰富。这次骑行，我在遇见大美风景的同时，遇见了原本简单而又真实的自己，我理解到生活中最真实的快乐源自简单、坚持、宽容与分享。

拉萨之行改变了我的一些习惯。正如我的朋友们所做的一样，老火和信封先后开始了长跑，小周也一样。而后知后觉的我，也在近两年开始长跑。也许有过这种经历的人，血脉中就有着不安分的因素，需要用长跑这种方式去释放。于我而言，能在跑步中回归简单，回归坚持，找到快乐。此外，在书松村看到格瓦拉像，回来后我即找来《骑行日记》阅读，之后一发不可收拾，养成了读书的好习惯。如今年逾四十，跑步，骑行，读书，写写文字，也算是健康而充实。

我还是期望，有一天能够同我心爱的单车，继续踏上前往远方的行程。

拉萨，远远不是终点！